KB275047

하루

하루

김미조 장편소설

수미랑

차례

1장. 부디, 나를 찾아줘

냉장고 문을 열었더니   8

시뻘건 얼굴을 한 책   14

옥탑방의 시신   24

나름 탄탄했던 계획   30

너도 네가 뭔지 모르지?   40

엇갈린 바람   54

거짓말   60

마주한 죽음   74

2장. 망치를 든 신

빈소에서   84

그 여자, 시요   92

두 번째 미처리 시신의 주인   106

붉은 물웅덩이   116

포장마차에서   126

주인을 잃어버린 황금   146

의외의 만남   162

하얀 여왕의 냉장고   176

3장. 도깨비, 끝나지 않은 이야기

〈치다꺼리 지침서〉 제2권　　　192

모기를 죽였던 소년　　　200

새 편집자, 알　　　210

문 저편의 여자　　　216

푸 13, 도깨비를 만나다　　　222

소원을 말해봐　　　234

사람이 되고 싶지 않은 도깨비　　　250

기다림　　　262

끝나지 않은 이야기　　　270

1장

부디, 나를 찾아줘

냉장고 문을 열었더니

그러니까, 나는 길 위에 서 있다. 하지만 내가 익히 알고 있는, 혹은 늘 보아왔던 여느 길과 다르다. 지금 서 있는 길은 검은 표지의 책들로 빼곡 찬 사암책장이 만들어낸 것이다.

사암책장은 네모나거나 둥글거나 뾰족한 형태를 지녔으며 높낮이 또한 들쑥날쑥하다. 하지만 그 밑단은 길 쪽으로 침범해 나오지도 않았고, 안으로 쑥 들어가지도 않았다. 덕분에 길은 매끄러운 직선으로 쭉 뻗어있다.

그렇다고 시야가 확 트인 것도 아니다. 눈 안에 들어온 길은 50m 남짓이다. 그 이후의 길은 암흑물질 속에 잡아먹힌 듯 스산한 기운을 뿜어낼 뿐이다. 그나마 이 공간이 아주 어둡지 않은 건 밤하늘이 관리를 잘 받은 고양이의 터럭처럼 은은한 빛을 털어내고 있어서다.

어쩌다 이런 곳으로 들어섰는지, 아직도 이해되지 않는다. 단지 냉장고 문을 열었을 뿐이다. 원래라면 은은한 불빛 아래 정돈된 냉장실의 내부가 모습을 드러냈어야 했다. 그런데 냉장고 문틀만큼 정확히 잘라낸 직사각형의 틈이 열려 있었고, 그 너머로 이어진 길 위에 뎅그러니 놓인 책상 하나가 보였다.

처음엔 정말 책상뿐이었다. 하지만 잠시 뒤, 틈의 저편에서 검은 안개 같은 것이 스멀스멀 기어 나와 허공에서 몸짓을 부풀리기 시작했다. 안개가 뭉치고 또 뭉쳐, 결국 사람의 형상을 이루었을 때—그 얼굴이 김 사장이라는 걸 단번에 알아차렸다. 비록 거리가 있었지만, 익숙한 윤곽은 숨길 수 없었다. 그와 시선을 마주쳤다고 생각한 순간, 내 의지와는 무관하게 이 길 위로 내동댕이쳐지듯 던져졌다.

"일단 앉지."

김 사장이 말을 건넨다. 6개월 전이었다면 내가 먼저 그의 손을 잡고는, '형님, 형님. 얼마나 찾았는지 아세요. 그동안 어디에 있었습니까. 무슨 일이 있었던 거예요?' 같은 말을 뱉어내며 진심으로 반가워했을지도 모르겠다. 하지만 지금은 아니다. 그를 찾아 헤맨 건 사실이지만 단 사흘뿐이었다. 그와 만나기를 원했지만, 그것도 한 달을 채 넘기지 못했다. 어쩌면 다시 만날 일은 없겠다는 생각에 안도했던 기간은 훨씬 길었다. 그의 부재가 곧 그의 죽음임을 확신한 후엔 그 존재 자체를 기억에서 지워버렸다.

그런데 어떻게 이런 곳에서 그와 마주치게 된 것일까.

단지 냉장고 문을 열었을 뿐인데.

꿈이라고 하기엔 지나치게 명료하다.

"명료하면 꿈이 아닌가?"

"그야…. 아!"

내 생각이 읽히고 있다. 등골이 오싹하고 오금이 저린다. 이 와중에도 지금까지 한 생각 중에 빠져나가면 안 되는 것은 없었는지 되새겨본다. 시요, 시요에 대해서도 생각했던가.

"시요. 그렇지. 그런 이름을 가진 여자가 있었지."

알이 굵은 안경 너머에서 영민하고 날카롭게 번득이는 눈은 6개월 전과 마찬가지로 빛을 잃지 않았다. 하지만 그의 눈빛은 익히 내가 알고 있는 그 눈빛이 아니다. 마치 우수한 기능을 가진 속기사의 손가락처럼 정확하게 내가 생각하는 모든 것을 빠르게 읽어내고 기록하는 눈이다.

"그렇게 겁먹을 필요는 없어. 동생을 어떻게 할 생각은 없으니까."

김 사장이 내 쪽으로 걸어온다. 발걸음은 조용하고, 보폭도 크지 않다. 허공을 가르는 소리조차 없이, 그저 천천히, 차분하게 다가올 뿐이다.

그런데 이상하게도 그가 한 걸음씩 내디딜 때마다 우리 사이의 간격이 눈에 띄게 줄어든다. 마치 그가 걷고 있는 게 아니라 공간이 접히며 그를 밀어붙이는 느낌이다.

숨결이 닿을 정도로 가까이 다가온 순간, 나는 본능적으로 그의 시선을 피하며 눈을 아래로 내렸다. 그때 그의 손에 들린 책 한 권이 시야에 들어왔다. 분명 책상에서 걸어 나올 때만 해도 그는 빈손이었다.

"내가 원하는 건 간단해."

소곤거리는 듯한 목소리엔 웃음기가 스며있다. 왜, 뭐가 우습지. 천천히 고개를 들자 내게 시선을 고정한 김 사장의 눈과 마주친다.

“그냥 이 책을 먹기만 하면 되거든.”

‘뭐라는 거야? 미친 건가? 내가 잘못 들은 건가?’ 이렇게 소리치고 싶은데 혀가 바닥에 붙은 듯 꿈쩍도 하지 않는다. 목구멍은 마른 종이처럼 뻣뻣해지고, 생각만 안에서 웅웅 울릴 뿐이었다.

“먹지 않으면 아무것도 알 수 없을 거야. 지금 동생이 가장 두려워하는 건 그거 아닌가? 아무것도 모르는 것.”

김 사장이 건넨 책을 얼떨결에 받는다.

〈치다꺼리 지침서〉. 시뻘건 얼굴을 한 책은 마치 살아 있는 생명체처럼 씩 웃고 있다.

시뻘건 얼굴을 한 책

무엇을 알고 무엇을 모르는 것일까.

'알고 있는 것'은 알고 있기에 안다. 하지만 '모르는 것'은 무엇을 알지 못하는지 모르기 때문에 모르고 있다는 것조차 모른다. 그런데도 '모르는 것'을 상대로 두려워해야 한다면 그건 '알아서는 안 되는 것'이기 때문일 것이다. 그러니 '아무 것도 모르는 것' 자체가 두려움을 유발하는 것은 아니다.

김 사장은 틀렸다. 아무것도 모르는 상태를 두려워하지 않는다. 계속 아무것을 몰라도 상관없다. 더는 알고 싶은 것이 없다. 이제껏 알고 있는 것만으로도 충분하다. 더 많은 생각을 하게 되어 더 많은 것을 읽히고 싶지 않다.

그런데도⋯. 확신에 가까운 문장 하나가 떠돈다. 설마, 설마…. 아직까진 의심에 불과한 일이다. 그럴 리 없다. 〈치다꺼리 지침서〉. 이걸 먹으면 김 사장의 말마따나 정말 모호하면서도 불확실한 지금의 상황을 이해하게 될까. 하지만 나는 인간이다. 종이를 먹는 염소도 아니고, 종이를 분쇄하는 기계도 아니다.

"아! 잊을 뻔했군. 동생이 먹을 책이 한 권 더 있어."

김 사장의 말이 끝나기 무섭게 아무것도 없던 허공에 책 한 권이 불쑥 모습을 드러냈다. 이젠 놀랍지도 않다. 되려 책장에 꽂힌 책을 보듯 자연스럽게 제목을 읽는다.

"시스템이 당신의 부를 결정한다."

"아는 책이지?"

내가 열여섯 번째로 대필한 자기계발서다. 출판사에서 홍보용으로 열 권이나 보내준 걸, 집에 둘 곳도 없어서 결국 김 사장의 헌책방 '솔'로 넘겼었다. 그때 김 사장은 새삼 나를 아래위로 훑어보고선 씩 웃었다.

'이번에도 자기계발서네. 그런데 동생은 왜 이 꼴이지?'

순간 멍해져서는 그의 얼굴을 빤히 쳐다보다가 겨우 뱉어낸 말이 '그러게요'였다. 한동안 잊었었는데, 다시 떠오른다.

“알죠. 잘 알죠. 그런데, 왜….”

“그 책은 S032-3905696-허 08이 지녔던 거야.”

김 사장의 말이 잘 이해되지 않는다. S… 08이라니. 무슨 소리를 하는 거야? 조금 전보다 더 귀를 쫑긋 세우고 그의 말에 집중한다.

“S032-3905696-허 08에서 마지막 숫자인 08은 허 08의 시체가 발견되기 전까지의 날짜야. 이미 사흘이 지났으니 닷새가 남았군.”

“……”

“아. 그래. 허 08은 말이야. 이 책을 복권으로 여겼어. 그것도 당첨이 확정된. 책에서 가르쳐준 대로 자신의 시스템을 재정비해 그대로 수행하기만 하면 부자가 될 수 있을 거라 믿었거든. 자네도 알다시피 이 책은 그런 희망을 주고 있지. 습관만 바꾸면 인생은 달라진다. 요지는 그런 거니까.”

지금 이 남자는 정말 김 사장일까. 처음엔 분명 그 사람이라고 믿었다. 하지만 어딘가 다르다. 무엇보다 저 어조, 지나치게 매끈하고 일정하다. 프로그램이 조율한 톤을 AI 성우가 흉내 낸 것만 같은 음성, 정말 그인가?

"허 08."

"……?"

"동생이 지금 집중할 대상."

"……."

"아직도 이해하지 못하고 있군."

"형님은….""

"나? 난 동생이 생각하는 그 사람, 맞을걸."

"그럼 여기는….""

"이미 알고 있지 않나?"

"몰라, 이런 곳은….""

"알잖아."

"아니, 나는….""

〈치다꺼리 지침서〉가 꿈틀거린다. 빨리 먹어, 먹어. 시뻘건 얼굴이 주름을 만들어 낼 때마다 음침한 음성이 귓가에 꽂힌다. 먹어? 뭘 먹어? 어떻게 먹어?

김 사장과 〈치다꺼리 지침서〉를 번갈아 쳐다보는 동안에도 책이 어찌나 안달복달 야단인지 정신이 빠져나갈 지경이다.

"여기 책들은 참을성이 없어. 뭐하나? 어서 먹지 않고."

그가 원하는 대로, 아니, 이 공간의 의지가 시키는 대로 책의 모서리를 입으로 가져와 살짝 깨물어 본다. 생각보다 부드럽다. 좀 더 정확하게 말하자면, 몽글한 공기로 만든 활자가 매끄럽게 목구멍을 타고 내려가 온몸으로 주입된다. 그와 동시에 S032-3905696-허 08이 이제 곧 내가 만나게 될 '미처리 시신의 주인'이라는 것을 알게 된다.

이번엔 좀 더 크게 깨물어 씹어 본다. 역시 수많은 활자가 주입된다. 미처리 시신의 주인은 '죽고 나서 사흘 이상 발견되지 못한 시신의 영혼'을 일컫는 말이다.

아예 게걸스럽게 책을 먹는다. 손에 잡히는 책의 감촉이 줄어드는 것에 비례해 내 몸속으로 수많은 정보가 주입된다. 배부르다. 트림이 나올 것 같다. 하지만 내가 먹어야 하는 책이 한 권 더 남아 있다. 〈치다꺼리 지침서〉 별지엔 이제 곧 내가 허 08을 만날 것이고, 그 전에 〈시스템이 당신의 부를 결정한다〉를 먹어 치워야 한다고 적혀 있다. 허 08의 기록이 그 책 속에 담겨 있어서다.

〈시스템이 당신의 부를 결정한다〉도 〈치다꺼리 지침서〉와 같은 맛일 거라 지레짐작한다. 하지만 책의 모서리가 혀에 닿자마자 또 다른 맛임을 깨닫는다. 복잡 미묘한 맛이다. 내 글 위에 허 08에 대한 정보가 휘핑크림처럼 올려져 있고, 그 위에는 그의 생각이 생강가루처럼 뿌려져 있다.

한번 맛보고 나니 점잖게 먹을 수가 없다. 책의 블랙홀이 되어 버린 입이 내 의지와 상관없이 통째로 빨아들이고 있다. 적잖이 당황한다. 아직도 당황할 것이 남아 있다는 게 또 당황스럽다.

사람들은 죽고 싶어도 죽지 못할 때가 많잖아.

너도 그렇지 않아?

그래서 말인데, 만약 누군가 널 죽여주면 좋을 것 같지 않아?

갑자기 시요의 음성이 들리는 것 같다. 언젠가 시요가 그렇게 말했을 때 나는 바로 대답하지 못했다. 상대가 생각지도 못한 말을 할 땐 이쪽의 말문을 닫아버리는 효과가 있다. 십 초, 혹은 이 십 초 정도 뜸 들인 후에야 기껏 '아니'라는 말을 뱉어냈다. 그녀는 웃었다.

죽고 싶었던 적이 별로 없었구나. 생각보다 낙천적이네.

어째서 그녀의 말이 들리는 것일까.

책을 먹은 부작용일까? 어쩌면 시요는 그런 말을 한 적이

없었는지도 모른다. 지금 내가 혼잣말을 지어내고 있는 건지
도. 말이 하고 싶어서. 말이 하고 싶다. 그래야 인간으로서의
내가 여전히 건재하다는 것을 증명할 수 있을 것 같다. 아니,
이건 억지다. 사람을 먹은 것도 아니지 않은가. 그냥 책일 뿐
이다. 생명체를 죽여 내 배를 채우는 일과도 거리가 멀다. 이
정도의 일로 인간으로서의 내가 사라진다는 예감이 든 것 자
체가 우스운 일이다.

실제로 책을 다 먹어 치운 후의 나는 인간이 아닌 다른 존
재가 되어 있지도 않다. 그냥 부작용이다. 책을 먹은 부작용.
하지만 이 공간으로 들어선 순간, 어렴풋이 느꼈던 일, 차마
입 밖으로 꺼내지 못했던 그 일이 결국 사실임을 알고야 만다.

나, 죽었구나.

〈치다꺼리 지침서〉 서문에는 '이 책을 먹을 수 있는 존재는
살아 있지 않은 자'라고 정확하게 명기되어 있다. 하지만 말
이야 바른 말이지, 살아 있지 않은 자가 꼭 죽은 자여야 하는
법은 없다. 게다가 나는 생각한다. 고로 나는 존재한다. 데카
르트가 이미 증명하지 않았는가.

그런데, '존재한다'가 '살아 있다'와 동격이었던가. 존재하

지만 살아 있지 않을 수도 있다. 신이 그렇다. 도깨비가 그렇다. 귀신이 그렇다. 드라큘라가 그렇다. 유령이 그렇다. 이 모든 초자연적인 존재들은 가령 존재한다고 해도 살아 있다고는 말할 수 없다.

마찬가지로 나 역시 생각하기 때문에 존재할 수는 있어도 살아 있지 않을 수도 있다. 살아 있지 않은 자가 꼭 죽은 자여야 하는 법이 없듯 내가 생각하고 있다고 해서 꼭 살아 있는 자가 되라는 법은 없다.

〈치다꺼리 지침서〉 서문에는 이렇게도 쓰여 있다.

'죽음이 그대에게 왔어도 슬퍼하거나 노여워하지 말라.'

푸시킨이 대필한 것이 아닐까 의심이 될 정도로 그의 말투를 빼다 박은 그 문장은 이렇게 이어졌다.

'혼란의 시간을 참고 견디면 두려움, 아쉬움, 슬픔은 뒤따르지 않으니.'

나는 어쩌다 죽은 건가? 생각나지 않는다. 내가 먹어 치워 버린 두 권의 책에도 나와 있지 않았다.

"형님도…? 나처럼…?"

김 사장의 한쪽 입가가 실룩인다. 아는 바가 없다는 건지,

알아도 말하기 싫다는 건지 의중을 읽을 수가 없다. 가만 보면, 그는 뛰어난 조련사의 풍모를 보인다. 적절한 침묵, 상대를 제압하는 눈. 그래서 조련당한 것은 아니지만….

조련? 조련이라니. 누가 누구에게? 미친 거 아닌가? 무슨 생각을 하는 거야? 내가 왜? 나는 그에게 길들어야 할 이유가 없다. 그는 나를 길들일 권리가 없다.

"물론 그럴 권리는 없어. 그리고 싶지도 않고. 하지만 저건 동생이 해결해야 해."

김 사장이 턱짓으로 가리킨 곳에는 옥탑방에나 있을 법한 작은 현관문이 덩그러니 세워져 있다. 문 윗부분은 반투명 유리로 되어 있는데 그 너머로 문을 두드려대느라 몹시 격하게 상체를 흔들어대는 사람의 형상이 보인다.

S032-3905696-허 08이다. 그는 어리석게도 문고리를 잡아당겨 열 생각을 하지 않는다. 그저 두드리고, 또 두드릴 뿐이다. 이 공간, 적요로 들어서는 건 어렵지 않다. 이미 그는 적요로 들어설 수 있도록 허락된 존재다.

"열려 있어."

김 사장만큼이나 냉소적인 음성이 튀어나온다. 책상 맞은

편에서 김 사장이 웃는다. 뒤이어 말한다.

"잘 다녀오게."

옥탑방의 시신

〈치다꺼리 지침서〉 1장에는 '시간을 원하는 미처리 시신 주인의 종류'를 언급해두고 있다. 미처리 시신 주인들은 장례식이라는 통과의례를 거친 적이 없다. 장례는 산 자들이 죽은 자를 떠나보내는 마지막 매듭을 짓는 일이다. 반대로 죽은 이들에게 장례는 그 매듭을 싹둑 자르는 일이다. 그런데 미처리 시신 주인들에겐 이러한 기회조차 없었다. 아무도 눈치채지 못한 주검으로 방치된 채 홀로 떠돌고 있으니. 당연히 장례를 치른 시신의 주인들보다 죽음의 적응력이 떨어진다.

책에선 이러한 자들을 세 가지로 분류하고 있다. 자신이 죽었다는 걸 아예 모르는 자, 죽은 것은 알지만, 세상에 미련이 남은 자, 죽은 것을 알고 있는 데다 미련도 없는 자.

세 번째 경우에 속한 자들은 대부분이 시간을 원하지 않는다. 심지어 자신의 시신이 어떠한 상태이든 관심도 없다. 어차피 죽은 몸, 껍데기에 불과한 신체 따위 하등 문제가 없다는 것이다. 이러한 이들은 제 목숨을 제가 끊지 못해 억지로 살았던 자들이다. 당연히 이들과 내가 만날 일은 없다. 이들은 적요의 어느 책장에 한 권의 책으로 꽂혀 있을 뿐이다.

반면, 앞의 두 경우에 속한 자들은 자신의 상태를 쉽게 받아들이지 못했다. 그중 몇몇은 집요한 의지로 적요의 깊은 침묵을 뚫고 소리를 내기 시작했다. 그 때문에 적요는 수만 년 전부터 깊은 고민에 빠졌다. 소란스러움이 시작되고, 소란스러움이 진행되고, 소란스러움이 끝나는 과정은, 과정이라는 말에서도 충분히 알 수 있겠지만, 그 공간에선 쓸데없는 '시간'의 개념을 소환해버려서다.

적요는 오랜 고민 끝에, 투덜거리는 자들을 위한 '리턴 서비스'를 운영하기로 했다. 이를테면, 이런 것이다.

당신들은 당신에게 예정되었던 시간 이상의 시간을 원하는가? 좋다. 그 시간을 주겠다. 원래 네가 살았던 세상에 잠깐 다녀와라. 대신, 다시 돌아왔을 때 입을 다물라.

입을 다물라?

사실, 이것은 온전한 표현이 아니다. 더 정확히 말하자면, '입을 다물 수밖에 없게끔 강제적인 힘을 발휘할 것이다'이다. 선택지가 없는 침묵, 이 침묵이야말로 적요의 강력한 의지다. 이 의지에 방해되는 존재들은 대체로 리턴 서비스의 대상자다. 허 08 역시 그러한 자 중 하나다. 덕분에 그는 자신의 옥탑방으로 다시 돌아올 수 있었다. 그에겐 익숙한 공간일 것이다. 그런데 그는 오평 남짓한 공간으로 들어서자마자 날카로운 쇳소리를 직선으로 뿜어댔다. 순간, 귀를 막으며 바닥에 널브러진 허 08의 시신을 본다.

시신은 얼굴만 빼고 종이 이불에 덮여 있다. 얼굴은 마분지처럼 빳빳하게 굳었지만, 표정만큼은 이상할 정도로 편안해 보인다. 되려 공포로 눈과 입을 벌리고 있는 건 지금의 허 08이다. 그는 꽤 오래 비명을 내지르다 급기야 내게 덥석 안기고는 바들바들 떨기까지 했다. 내가 누군 줄 알고? 그를 밀치며 말했다. 그런데도 그는 여전히 정신을 못 차리고 내 팔뚝을 꼭 붙잡고는 거칠게 숨을 몰아쉰다.

◇◇◇◇◇

김 사장의 말대로 허 08을 마주친 적이 있다. 일 년 전, 모든 뉴스가 백 년 만의 추위라며 호들갑을 떨던 그날이었다. 그런 날 굳이 '솔'에 간 이유는, 오후 다섯 시부터 밤 아홉 시까지 김 사장을 대신해 책방을 봐주겠다는 약속 때문이었다.

그날, 나는 시린 바람에 잔뜩 몸을 웅크린 채 걷다가 책 방 간판이 시야에 들어올 무렵엔 마치 달리기 선수처럼 뛰었다. 단 1초라도 빨리 온기 있는 공간으로 들어서고 싶었다. 책방 앞에 도착하자마자 숨도 고르지 않고 급하게 문을 열었다. 그와 동시에 낯선 남자가 흠칫 놀라는 것이 보였다. 덩달아 당황한 나는 오른쪽으로 살짝 비켜 그가 나갈 길을 확보해주려 했지만, 그도 동시에 같은 쪽으로 움직이는 바람에 우리는 다시 정면으로 마주 보게 되었다.

다시 왼쪽, 또 오른쪽, 마치 오래전부터 호흡을 맞춰온 사람들처럼 서로의 동작을 그대로 따라 하며 우스꽝스러울 정도로 마주 보기를 반복했다. 결국, 나는 왼쪽에 우뚝 멈춰 섰고, 그도 동시에 정확히 내 앞에 멈춰 섰다.

'먼저….'

내가 두어 발짝 물러서는 것으로 통로를 확보해주었고 그는 고개만 까딱 숙여 인사를 하곤 문밖으로 빠져나갔다. 그날 이후 그렇게 스쳐 지나간 낯선 남자를 떠올려본 적은 한 번도 없다. 애당초 그런 일이 있었는지조차 잊고 있었다.

그건 허 08도 마찬가지다. 그 역시 그 날의 일을 전혀 기억하지 못한다. 그러니까 그의 기억이 담겨 있는 책을 먹었다고 해서 덩달아 나까지 그 날의 장면을 떠올린 것은 아니다. 그렇다면 이 기억은 어디에서 나온 것인가.

김 사장? 정말 그가 심어놓은 기억인가?

이젠 김 사장이 무엇인지 모르겠다. 또한, 지금의 내가 무엇인지 모르겠다. 생각해보면, 처음부터 알지 못했다. 그 기묘한 책방에서 나는 무엇인지. 지금 내게 달라붙어 있는 이 미처리 시신의 주인이 차라리 부럽다. 적어도 그는 자신이 무엇인지 알고 있다.

"그만 좀 떨어져라."

어느 정도 안정을 찾은 허 08은 한 발 뒤로 물러나며 슬쩍 눈을 들어 내 형상을 살핀다. 그 순간 그의 머릿속에는 '저승

사자'라는 단어가 입력되는가 싶더니 곧 '귀신'이라는 단어가
자리를 잡는다. 귀신. 그냥 귀신.

그의 눈에 비추어진 나는 저승사자가 가지고 있을 법한 권
위를 풍기지도 않을뿐더러 상대에게 두려움을 유발할만한
모양새를 갖추고 있지도 않아서다. 한마디로 어디에서나 흔
히 볼 수 있는 삼십 대 초반 남자의 형상을 하고 있다. 그나
마 나를 살아 있는 사람으로 보지 않는 것은 그 스스로 자기
의 죽음을 또렷이 인식하고 있어서다.

'뭐지, 이놈은. 왜 이렇게 까다롭게 구는 거야? 까칠한 새
끼, 아니, 아니지. 까칠한 귀신 새끼.'

나름 탄탄했던 계획

허 08은 본격적으로 나를 탐색한다. '뭐하는 놈이었을까? 허드렛일하며 산 것 같지 않은데. 저, 손 좀 봐라. 사내새끼 손가락이 뭐 저리 길어. 말라 비틀어져서는. 먹고 죽은 귀신은 때깔도 좋다던데. 아니, 그보다 어쩌다 뒈진 거야? 나처럼 자살한 거야? 그런 배짱은 없어 보이는데. 교통사고라도 당했나? 아니면 살해당했나?' 등등의 질문이 꼬리에 꼬리를 문다. 그러다 결론을 내린다. '이놈이 뭔지 알 게 뭐야? 그딴 거 중요하지 않아. 중요한 건….'

빤히 나를 보는 허 08의 머릿속이 시끄럽다. 주의를 내게 돌리는 것으로 자신의 시신이 이 방에 그대로 방치되어 있다는 것을 잊으려 하는 것이다. 그토록 자신의 시신을 보는 게 싫은가? 이유는 알 수 없다. 책에서도 그의 머릿속에서도 그 이유를 찾지 못했다. 분명한 건, 그가 이 방에서 자신의 시신이 제때 수습될 수 있도록 나름대로 꽤 치밀한 계획을 세웠다는 사실이다.

그 시작은 '죽기 좋은 날'을 계산하는 것이다. 이 계산에서 가장 중요한 건 월세였다. 그의 경험상 미룬 월세에 대해 집주인이 참아주는 시간은 단 이틀이다. 월세를 내기로 한 날에서 이틀이 지나 죽으면 바로 그 날 오후 철 계단을 쿵쾅거리며 올라온 집 주인이 시신을 발견하게 될 것이다. 하지만 이 장치만으로는 안심하지 못했다.

두 번째 계획도 세웠다. 설치배송 서비스를 신청하는 것이다. 품목 따윈 아무래도 상관없었다. 중요한 건 설치기사가 정해진 시간에 정확히 이 방을 찾아오게 하는 것이다. 그래서 한겨울엔 필요 없는-아니, 앞으로도 사용할 일이 영영 없을- 에어컨을 일시불로 결제했다. 그러고도 안심이 되지 않아 요청 사항란엔 '배송일을 꼭 지켜주세요'라는 문구까지 써두었다.

이 두 장치 중 틀림없이 하나는 성공하리라 믿었다. 그랬기에 그는 〈시스템이 당신의 부를 결정한다〉의 책장을 하나 하나 찢어 그것을 스카치 테이프로 붙여 넓게 펼치는 작업을 하는 동안 자신을 대견히 여기기까지 했다.

'그래, 난 한다면 하는 놈이야. 죽는다면 죽는 놈이라고. 시스템? 웃기고 있네. 새빨간 거짓말쟁이, 사기꾼의 세상. 더러워서 간다, 씨발. 그런데 뭐, 나보고 어쩌라고. 내가 그러고 싶어서 그랬나. 이러고 싶어 이러나. 씨발, 내 참, 더러워서.'

하지만 압정을 이용해 넓게 펼쳐진 종이를 바닥에 고정할 즈음엔 흐느끼기 시작했다. 수면제를 복용하고 종이 집 안으로 기어들어 갈 때까지도 좁은 목구멍 사이로 안달복달하며 빠져나오는 흐느낌을 누르지 못했다.

그가 안정을 찾은 건 종이 집에 몸을 눕힌 후였다. 종이 집은 맞춤옷처럼 제 몸에 딱 맞았다. 아늑하고 편안했다. 얼마간 시간이 지나자 강력한 힘이 바닥 밑에서부터 그의 몸을 끌어당겼다. 이젠 눈을 뜨고 싶어도 뜰 수 없었다. 이젠 무언가를 기억하고 싶어도 기억할 수 없었다. 그대로 바닥 밑으로, 끝없이 가라앉는 걸 느끼기만 했다. 그러다 어느 순간 그의 세상은 완벽히 어두워졌다.

다시, 적요에서 깨어나기 전까진.

"하루…. 딱 하루라고 했죠?"

번진 먹물처럼 뿌옇기만 한 허 08의 눈동자엔 희끄무레한 빛이 돈다. 〈치다꺼리 지침서〉의 1장엔 시간을 원하는 미처리 시신의 주인에 24시간 주는 것을 원칙으로 한다고 명시되어 있다. 하지만 그 시간 동안 무엇을 할 수 있을까. 허 08은 무엇이든 할 수 있다고 생각하고 있지만….

"하루. 단 하루. 생각하자, 생각을. 먼저 누구부터 찾아가야 하는지. 가장 가까이 있는 사람부터 찾아가야겠지. 2층의 집주인부터 만나고…."

그는 정신 사납게 이리저리 움직이며 혼잣말을 하는가 싶더니 이불 더미 옆 상자에 표시해둔 글을 빤히 쳐다본다.

컴퓨터. 형이 가져가.

허 08의 머릿속으로 그와 닮았지만 키나 덩치가 훨씬 큰 남자의 모습이 지나간다.

"형…. 아니, 주인집부터."

나지막하게 중얼거리는가 싶더니, 이번엔 갑작스럽게 몸

을 돌리곤 문밖으로 나간다. 옥상 난간 너머로 보이는 것은 다닥다닥 붙어 있는 다세대 주택들과 멀찍이 떨어진 곳에 산처럼 둘러싼 아파트 단지뿐이다. 그런데도 그의 눈엔 아주 잠시 그리움 같은 게 스몄다 빠져나간다.

"여기서 일 년을 살았어."

정확하게 말하자면 그가 이곳에서 살았던 건 1년 2개월이다. 형의 폭력보다 더 매서웠던 형수의 눈칫밥을 더는 먹을 수 없어 그는 무작정 짐을 싸고 나와 이곳에 둥지를 틀었다. 자신을 비난하는 사람이라곤 단 한 명도 없는 공간, 이런 곳을 가진 건 그의 삶에서 처음 있는 일이었다. 그 때문에 이 옥탑방은 그의 진짜 인생을 시작할 수 있는 출발점으로 격상되었다.

그런 한편, 처음으로 자살 충동을 느낀 곳도 이곳이었고, 그 충동을 과감히 실행에 옮겼던 곳도 이곳이었다. 그러니까 옥탑방은 그에게 '처음 할 일, 처음 해야 할 일, 처음 할 수 있는 일'을 던져다 준 신세계 같은 곳이었으며 신세계가 세계의 끝일 수도 있다는 깨달음을 준 곳이기도 하다.

아니, 그에게 깨달음이라는 단어는 어울리지 않는다. 그는 아무것도 깨닫지 못했다. 그저 시작했고 끝을 맺었을 뿐이다.

"더 살고 싶었는데…."

허 08이 뭐라 중얼거리며 아래층으로 향하는데, 그의 목덜미 위로 옅은 밧줄 자국이 스르르 떠올랐다 사라진다. 목을 매달다 실패한 흔적이다. 미처리 시신의 주인이 죽는 순간을 떠올리면 그와 관련된 흔적들이 '나 여기 있소'라고 소리치듯 나타난다고, 〈치다꺼리 지침서〉에 나와 있었다. 이럴 땐 관여 마라는 지침까지. 쓸데없는 지침이다. 이미 지나간 사실에 대해 뭘 어떻게 관여할까. 설혹 가능하다 해도 그러고 싶지 않다.

지금 허 08은 계단 아랫단에 멈춰 서서는 주인집 문이 있는 쪽을 가만 쳐다보고만 있다. 초인종을 누르면 되나? 아니, 그냥 문을 통과하면 되는 거 아닌가?

"그냥 가."

내 쪽으로 고개를 돌린 그는 새삼 놀란 표정을 짓는다.

'아, 잊고 있었네. 저승사자, 아니, 귀신. 뭔지 몰라도 까칠한 새끼.'

왜인지, 나를 향한 말들에 화가 스며있다. 그렇다고 대놓고 화를 내지는 않는다. 어찌 되었든 자신에게 주어진 하루를 제대로 쓰기 위해서는 내가 꼭 필요하다고 믿고 있어서다.

허 08의 뒤를 따라 들어선 주인집 거실엔 아무도 없다. 잘 정돈된 오래 가구들과 달리 테이블 위엔 과자 봉지와 빈 음료수병들이 굴러다니고, 바닥엔 수건과 양말이 아무렇게나 널브러져 있다. 작은 방에서 새어 나오는 기계음만 아니었다면, 이 집엔 지금 사람이 없다고 여겼을 것이다.

작은 방 안에 있는 것은 이 집 딸이다. 그녀는 태블릿에서 흘러나오는 노래를 따라 흥얼거리며 귀걸이를 걸다 흠칫 놀라 뒤돌아본다. 그러나 아무것도 보이지 않자 고개를 갸웃거리곤 자신의 팔을 쓱쓱 문지른다. 그때 갑자기 울리는 전화 벨에 화들짝 놀라서는 한쪽 귀걸이를 떨어뜨린다. 그녀가 귀걸이를 줍는 동안에도 계속 벨이 울리는 가운데 허 08이 랩이라도 하듯 말을 쏟아냈다.

"받아, 받아. 빨리 받아. 네 엄마잖아."

여자의 시선이 갑자기 허공 한 지점을 향해 멈춘다. 정확히 말하면, 허 08의 손가락 끝을 바라보고 있다.

"날 봤어." 허 08이 소리쳤다.

그 순간에도 벨 소리가 공간을 휘젓는다.

“빨리, 받아.” 이번엔 내가 말한다.

순간, 여자는 한 줄기 냉기가 스친 듯 움찔 떨었지만, 곧 핸드폰 쪽으로 손을 뻗었다.

“그래, 그래.”

허 08이 여자에게 거의 들러붙다시피 다가섰다. 전화 너머 목소리를 함께 들을 요량이다. 그런데 마치 그의 의도를 비웃기라도 하듯 여자는 스피커 버튼을 눌렀다.

“아! 엄마. 할아버진 좀 괜찮아? 그래, 너무 걱정하지 말라고 했잖아. 십 년은 더 사실걸. 아유. 또 왜 그렇게 받아들여? 나도 할아버지가 오래 사시길 바라지. 언제 와? 뭐? 싫어. 그 남자, 기분 나빠. 사람을 쳐다볼 때 흘낏거려. 말도 못 해서 우물거리고. 나중에 엄마가 받아. 나는 지금 나가야 한단 말이야. 아, 진짜. 싫다니까.”

통화 중에도 계속 소름이 끼치는 듯 한쪽 팔을 쓰다듬으며 사방으로 고개를 돌려가며 흘낏거린다. 서늘한 기운을 느끼면서도 그 원인을 찾지 못하고 있다. 그 와중에 허 08은 딸 옆에서 계속 중얼거린다.

“올라가. 월세 받으러 올라가. 네 엄마 말 들어!”

"싫다니까!"

여자는 상대가 아직 말하는 중인데도 통화를 끊어버리더니 코트를 걸치면서 바삐 거실을 가로지른다. 단 1초도 혼자 집에 있기 싫은 표정이다. 허 08은 현관문을 여는 딸의 팔을 붙잡으려 애쓴다. 하지만 그의 노력은 어떤 힘도 발휘하지 못한다. 결국, 그녀는 문밖으로 나가버리고, 뒤이어 계단을 내려가는 소리가 쿵쾅쿵쾅 들릴 뿐이다.

"왜 가만히 보고만 있어?"

허 08이 끈질기게 여자를 뒤쫓을 줄 알았다. 그런데 문 앞에서 붙잡는 시늉만 몇 번 하더니 내 쪽으로 고개를 돌리곤 소리를 내지른다. 뭐지, 이건? 허 08 앞으로 성큼 다가서자 그는 움찔 놀라며 뒷걸음을 친다.

"뭘 감추고 있는 거냐?"

허 08의 눈동자가 좌우로 빠르게 흔들린다. 내 질문의 의도를 파악하기 위해 제 딴에는 머리를 쓰고 있다. 하지만 그는 내가 알고자 하는 것이 무엇인지를 알지 못한다.

너도 네가 뭔지 모르지?

허 08은 고등학교 졸업 후 20대 후반까지 온갖 아르바이트를 하며 틈틈이 이 회사 저 회사에 이력서를 뿌리는 것으로 보냈다. 대부분 서류 심사에서 떨어지는 편이었지만 운이 좋게 서류통과를 해도 면접에서 발목을 잡혔다.

면접관들은 그에게 늘 같은 질문을 했다.

"불안해요? 시선을 한곳에 두지 못하고 왜 그렇게 흘낏거려요?"

심지어 어떤 면접관은 이렇게도 물었다.

"혹시 정신과 치료받고 있어요?"

허 08은 그럴 때마다 되묻고 싶었다.

'당신은 왜 그런 눈으로 쳐다보는데? 어째서 그렇게 사람

을 깔보는 눈을 할 수 있는 건데? 어떻게 해야 당신처럼 뻣뻣하게 고개를 들 수 있는데?'

그런데도 면접을 본 후엔 합격통보 문자를 기대하며 핸드폰만 만지작거리기도 했다. 문자로나마 불합격 통지를 보내 줄 의향이라곤 전혀 없는 회사가 꽤 많다는 걸 알고 나서도 오늘이나 내일, 혹은 다음 주 안에는 꼭 연락이 올 거라는 기대를 저버리지 못했다.

하지만 반전 같은 건 없었다. 몹시 빠른 속도로 사라져 가는 이십 대의 끝자락에서 그가 가진 것이라곤 '설마 내 인생이 이렇게 끝날 리 없잖아' 같은 희망뿐이었다. 그러다 그는 이런 생각을 해냈다.

'날 이끌어줄 사람이 필요해. 그런데 누가 어떻게?'

하나 있는 형은 기피대상 1호였고, 고등학교 동창들은 소식이 끊긴 지 오래였다. 설혹 그들 중 누군가와 연락이 닿아도 그의 길잡이가 되어줄 만한 사람은 없었다. 그러다 손쉽게 구할 수 있는 '자기계발서'를 떠올렸다. 그 길로 헌책방 '솔'을 찾았고, 그곳에서 운명처럼 한 권의 책을 만났다.

〈시스템이 당신의 부를 결정한다〉

제목을 찬찬히 되씹는 그의 귓가에서 희망의 종이 댕그랑 울리는 소리까지 들렸다.

'그래, 시스템이 없었던 거야. 핸드폰을 업그레이드시키듯 나를 업그레이드 시켜야 했어.'

더 볼 것도 없이 책을 집어 들었다. 시스템만 잘 운영한다면…. 자신은 이전과는 다른 존재로 거듭나 있을 것이다.

집으로 돌아온 뒤에는 정말 열심히 독서에 임했다. 중요한 문장엔 밑줄을 그었고, 그것으로도 부족해 메모지에 옮겨 적어 벽에다 붙여두기까지 했다. 그중 각오를 다잡게 해주는 문장은 핸드폰 대문 화면에 늘 뜨도록 입력했다.

'자기 자신이야말로 자기의 적이다.'

그는 이 문장이 자신을 새로운 세상으로 이끌어줄 열쇠라고 생각했다. 설혹 고졸이어도, 돈이 없어도 자기 자신을 이겨낸다면 사회적 성공은 따놓은 당상이라고 믿었다. 그러기 위해 그 나름대로 계획도 세웠다.

첫 번째로 아침형 인간으로 살고, 두 번째로 어떠한 일에서든 남들보다 수십 배의 노력을 기울이고, 세 번째로 끊임없는 공부로 창의력을 키우고, 네 번째로 세상일에 관심을 기울여 동시대의 흐름을 읽고, 다섯 번째로 다른 사람과의 약속은 물론이거니와 자신과의 약속도 무조건 지켜 신뢰받는 사람으로 거듭나는 것이다.

단, 이 모든 일을 할 수 있다는 믿음을 가지되 사회의 구조적 모순을 탓하지는 말아야 한다. 실패의 원인을 다른 것의 탓으로 돌리는 것이야말로 또 다른 실패를 끌어들이는 가장 나쁜 행동이기 때문이다.

책을 읽은 뒤에도 작심삼일을 수십 번은 더 반복했다. 책이 가르쳐준 대로만 하면 다 이룰 수 있는 일들을 그는 의지박약으로 해내지 못하고 있었다. 하지만 그는 책에서 말한 것 하나는 분명히 지켰다. '모든 게 다 내 탓이오' 뭐, 이런 거. 자책으로 하루의 일과를 시작하고 자학으로 하루의 일과를 끝내다 보니, 성형외과 문턱에도 간 적은 없지만 성형 수술을 한 양 우울하면서도 음침한 인상으로 고정되어 버렸다. 그런데도 그는 〈시스템이 당신의 부를 결정한다〉를 성경책처럼 끼고 다니며 주기도문을 외우듯 반복해 읽었고 자살 따윈 생각도 한 적이 없다.

자살은 그의 삶을 송곳니처럼 찔러댄 어떤 계기 때문에 결정한 것이다. 바로 이 부분이다. 그의 의식은 이 부분에서 무언가를 감추고 있다. 그의 머릿속에는 정말이지 온갖 잡생각이 굴러다니고 있지만 어떤 것은 그것이 나타나려는 순간 검은 막을 쳐 버린다.

"뭘 그렇게 감추고 싶은 거냐?"

"…. 뭘 알고 있는데?"

그 말을 내뱉은 것과 동시에 그의 머릿속을 스치고 지나가는 단어는 '신'이다. 하지만 곧 그건 아니라고 정정한다. 정말 신이라면 '뭘 감추고 싶은 거냐?'라고 묻지도 않았을 테니까. 그 결론은 그에게 이상하리만치 만족감을 가져다주었다.

흘낏 나를 보곤 씩 웃더니 조금 전보다 더 가벼운 발걸음으로 1층으로 내려가기 시작한다. 그를 따라 내려간 곳엔 두 평 남짓한 공간이 있다. 안쪽엔 가게로 들어가는 쪽문이 있고 계단을 돌면 뒤편으로 파란 대문이 있다. 그는 대문 쪽으로 걸어가다 말고 뒤돌아선다.

"너도 네가 뭔지 모르지?"

"……."

"그래, 그럴 줄 알았어. 너나 나나. 그렇지 뭐. 내가 뭘 하든 방해만 하지 마. 방해하면, 가만 안 둬."

〈치다꺼리 지침서〉 3장에는 '미처리 시신 주인의 치다꺼리를 맡은 자의 행동 지침'이 실려 있다. 그 첫째 지침은 '인도만 할 뿐 관여할 수는 없다'이다. 사실, 관여할 힘을 가지고 있지도 않다. 굳이 그렇게 못 박지 않아도 될 일이다. 과도한 걱정으로 행동의 규제를 강화하는 건 어떤 지침서나 마찬가지다. 이런 걸 정말 김 사장이 만들었을까? 그가 아니라면 누구지? 또 다른 존재? 혹은 신? 말이 되지 않는다.

신은 없다.

그 기묘한 책방에서도 그러한 존재를 본 적이 없다.

하지만 내 생각일 뿐인지도 모른다. 내 생각과 현실은 늘 달랐다. 또한, 내가 파악했다고 믿은 현실이 진실에 근접한 적도 없었다. 지금 나를 의심 가득한 눈으로 바라보고 있는 허 08처럼, 나 또한 이 모든 것을 의심하는 존재에 불과하다.

"널 방해했던 건 저거인 거 같은데."

"뭐?"

내 손가락 끝이 향한 쪽에는 설치기사가 대문에 붙여둔 쪽지가 있다.

부재중 방문.

문은 잠겨 있고, 통화는 되지 않네요. 연락 바랍니다.

허 08은 다짜고짜 욕설을 뱉어내며 쪽지를 떼어 내려 한
다. 하지만 그 작은 쪽지조차 건드릴 수 없다. 몇 번 헛손질을
해대다 결국엔 바닥에 주저앉아버린다.

“그래서…. 그래서 내가 아직도 그 방에 있었던 거야? 말
도 안 돼. 이건 아니지. 고소할 거야. 고소해버린다고!”

그는 일곱 살 때도 그랬다. 그의 손을 뿌리친 엄마를 쫓아
동네 어귀까지 갔지만, 도무지 붙잡을 수 없었다. 택시 문을
연 엄마가 단 한 번 그를 쳐다봤을 때, 그는 고소하겠다고 악
다구니를 찔러댔다. 그리고 바로 그 날, 학교에서 돌아온 형
의 손을 잡고는 울부짖었다.

“엄마 고소하자, 형.”

말이 끝나기가 무섭게 형은 그를 죽지 않을 만큼 팼다.

“형도 고소할 거야!”

사실 그는 ‘고소’의 정확한 뜻을 모르고 있었다. 그저 그것
이 억울할 때 사용할 수 있는 최선의 말인 줄로만 알았다.

"언제까지 그렇게 앉아 있을 거냐?"

허 08이 천천히 고개를 들어 나를 올려다본다. 내가 부재 중 방문 쪽지를 붙인 설치기사도 아닌데, 그의 눈빛에는 이유 모를 원망이 잔뜩 고여 있다. 그는 거칠게 세수하듯 얼굴을 문지르더니 자리를 툴툴 털고 일어난다. 그러고선 휘적휘적 걷기 시작한다. 최대한 불량하게 보이려는 듯 건들거리는 뒷모습에는 형에게 맞으면서도 고소할 거라고 소리치던 일곱 살 아이의 오기가 남아 있다.

좁은 골목길을 벗어나자 꽤 넓지만 가파른 비탈길이 나왔다. 길을 사이에 둔 건물들은 대체로 오래되어 낡은, 2층 건물이다. 중국집 옆으로 따닥따닥 붙은 다섯 채의 주택을 지나자 세탁소가 나타난다. 유리문 안에선 키가 크고 마른 남자가 다리미질하다 말고 문득 그 앞을 지나가는 우리 쪽을 쳐다본다. 하지만 곧 뒤돌아서더니 긴 나무 막대로 천장 높이 달린 옷을 빼낸다.

그는 허 08을 볼 때마다 한심해 죽겠다는 눈길을 하고선 혀를 끌끌 찼었다. 쯧쯧. 젊은 사람이. 그건 젊은 사람이었던 허 08도 마찬가지였다. 마른 남자와 눈이라도 마주치면, '저

놈의 눈깔을 확 빼버릴까 보다'라고 자신만 들을 수 있는 나지막한 목소리로 중얼거렸다.

허 08이 그런 말을 했던 대상은 세탁소 주인 남자만이 아니다. 슈퍼 주인 여자와 과일가게 주인 남자, 만물상에서 일하는 청년이 있다. 그리고 그의 형에게도 곧잘 그런 말을 뱉어냈다.

사실 옥탑방에 갈 가능성이 가장 큰 사람은 허 08의 형이다. 동생을 못마땅하게 여기긴 해도 서너 달에 한 번 정도 아내가 싸준 밑반찬을 들고 찾아가는 애정 정도는 남아 있다. 그런데도 허 08은 웬만하면 형에겐 가고 싶지 않다고 생각하는 것과 동시에 기억하고 싶지 않은 장면을 떠올리고 있다.

형의 집 안방이다. 그곳에서 허 08은 서랍장 안을 바삐 뒤지고 있다. 문 쪽을 힐끔거리기도 하고, 밖에서 무슨 소리가 들리는 것 같으면 모든 동작을 멈추고 귀를 쫑긋 세우기도 한다. 그렇게 몇 분을 뒤적이다 손끝에 통장 같은 게 닿는 것을 느끼곤 팔을 더 깊숙이 넣는다.

왈칵 문이 열린 것도 그즈음이다. 본능적으로 고개를 돌린 허 08은 덩치가 산만한 형을 발견하고는 팔을 빼는 것과 동시에 서랍장 문을 닫아버린다. 억! 당황한 나머지 손가락이 다 빠져나오지 못했다는 것을 잊어버렸다.

지독한 통증에 얼굴을 잔뜩 찌푸렸지만, 형은 그런 것 따위로 동정심을 가지지 않는다. 그를 향해 쏜살같이 달려와서는 다짜고짜 뺨을 갈긴다. 두툼한 손에 잔뜩 실은 힘은 허 08의 한쪽 뺨에 붉은 자국을 남긴다. 뒤이어 형이 다시 손을 쳐들자 허 08은 눈을 치뜨고는 그나마 자유로운 한쪽 손으로 머리를 감싼다.

"눈 내리깔아. 안 깔아? 눈깔을 확 빼버릴까 보다."

형이 검지와 중지로 그의 눈을 찌르는 시늉을 하자 허 08은 바로 눈을 내리깐다. 손가락이 아프다, 온 정신이 손가락에만 집중된다. 피가 났나? 피부가 찢어졌나? 살짝 고개를 틀어 아직도 서랍에 끼어 있는 손가락을 보려는데 머리 위에서 형이 안타깝다는 듯 말하는 소리가 들린다.

"언제 사람이 될래? 응? 언제?"

고개를 들고 형을 올려다본다. 형은 그를 어쩔 수 없이 짊어지고 가야 할 짐처럼 보고 있다. 지긋하고, 귀찮고, 심지어 혐오스럽지만, 세상에 남아 있는 유일한 핏줄이라 어쩌지 못해 슬프기까지 한 눈.

"형에게 가야겠어."

결국, 마지막으로 기댈 사람은 형뿐이라고 그는 그렇게 생각을 정리해버린다.

"저기 저 사람을 말하는 건가?"

내가 가리킨 곳으로 시선을 돌린 허 08은 뒷걸음질을 친다. 공간이동 때문에 놀란 것이 아니다. 그의 머릿속에선 '도망쳐, 도망쳐!'라는 말이 흩날리고 있다. 심지어 뒤돌아 뛰어갈 자세까지 취했다. 그런데도 그러지 못하는 것은 눈앞에 보이는 그의 형보다 더 두려워하는 어떤 것 때문이다. 계속 검은 막을 쳐두고 보여주지 않는 어떤 것.

그의 형은 고등어 대가리를 자르다 말고 허 08이 서 있는 쪽을 쳐다본다. 오른손에 넓적한 칼이 들려 있다.

"아저씨!"

그 앞에 있던 여자 손님이 불안한 기색을 보이다 결국은 참지 못하고 그에게 조심스럽게 말을 건넨다. 그제야 그는 다시 칼을 쳐들어 단숨에 고등어 대가리를 잘라낸다. 뒤이어 고등어의 배를 갈라 내장을 꺼낸 뒤 물통에 집어넣어 흔들어

대면서도 허 08이 있는 쪽을 흘낏거린다. 그러자 여자도 덩달아 허 08이 있는 쪽으로 슬쩍 고개를 뺀다. 당연하게도 여자의 눈에는 아무것도 보이지 않는다.

여자가 고등어를 든 비닐봉지를 들고 가게를 나서자마자 허 08의 형은 비닐 앞치마 안쪽에서 핸드폰을 꺼낸다. 허 08의 번호를 눌러보지만, 곧바로 들려오는 건 메마른 기계음뿐이다.

'고객님의 사정으로 전화가 정지되었습니다.'

남자는 한숨을 푹 내쉬곤 다시 누군가에게 전화를 건다.

"어, 여보. 혹시 한식이랑 통화한 적 있어? 언제? 그래? 아, 아니야. 알았어. 알았다니까 그러네. 끊어!"

다시 허 08의 전화번호를 눌러 본다. 여전히 같은 기계음. 그는 짜증을 이기지 못한 듯 손가락 마디로 제 이마를 거칠게 문질러 댄다.

"뭔 짓을 하고 다니기에 전화도 안 받아."

그 목소리만 듣고도 움찔할 정도로 겁을 내면서도 허 08은 남자 가까이 다가섰다.

"형…. 제발…."

두 팔을 간절히 뻗는다. 그러나 그의 팔은 남자의 가슴을 그대로 관통한다. 등 뒤로 빠져나간 손이 허공에서 흔들거린다. 그런데도 뒤로 물러서지 않는다. 오히려 남자와 시선을 마주치기 위해 필사적이다.

"형, 옥탑방으로 가줘. 제발 부탁이야. 제발!"

남자는 소름이 돋는지 경망스럽게 자신의 두 팔뚝을 번갈아 쓰다듬기 시작한다.

"씨발! 나 좀 봐!"

허 08이 날카롭게 소리친다. 그와 동시에 고개를 돌린 남자는 허 08 어깨너머로 보이는 길을 멍하게 쳐다보다 무언가 생각이 난 듯 급작스럽게 비닐 앞치마를 벗어 던지고 의자 위에 올려둔 군용점퍼를 걸친다. 뒤이어 옆 가게 남자에게 생선 가게를 좀 봐달라고 부탁한 후 바삐 뛰기 시작한다. 그 뒤를 쫓아가는 허 08의 의식 속에 담긴 단어는 '희망'이다.

엇갈린 바람

치다꺼리라고 해서 미처리 시신 주인의 생각마저 제어할수 없다. 내가 할 수 있는 일은 그의 생각을 읽는 것뿐이다. 김 사장도 마찬가지다. 그도 그냥 읽었을 뿐이다. 그리고 지금의 나처럼 상대를 판단하고 재단했을 것이다. 비웃거나 깔보거나 측은하게 여기거나 아니면, 아무 생각도 하지 않았거나….

어떤 것이든 좋지는 않다. 읽힌다는 것, 그 자체만으로도 나는 나 자신을 검열하게 된다. 문장을 끊어내고 단어를 선택한다. 그러다 내 생각 속에서 내가 헤매기도 한다. 타인이 읽지 못하도록 막아둔 벽은 내게도 걸림돌이 되어버린다.

하지만 허 08은 자기 생각이 읽히는 것을 그다지 신경 쓰지 않는다. 지금 그가 불편해하는 건 그런 종류의 것이 아니다. 그보다는 미처리 시신에서 벗어나는 것, 무언지 모를 어떤 두려움을 최대한 빨리 내려놓는 것이다. 그리고 이제 그는 그렇게 되리라 믿는다. 결국, 형이 그의 시신이 있는 옥탑방으로 달려가고 있기 때문이다.

"그래, 가. 형. 달려."

그의 음성은 들떠 있다. 오랫동안 형을 미워하고 오해한 것에 미안해한다. 그런 감정은 죽음과 함께 내려놓았어야 했는데 그렇게 하지 못한 것도 미안하다. 세상에서 형만큼 자신을 위해주는 사람도 없다는 것을 모르진 않았다, 다만 좀 더 어리광을 부리고 싶었을 뿐이다. 이런 생각들이 연달아 이어진다. 심지어 이런 생각을 하는 자신을 대견하게 여기기까지 한다. 죽은 뒤에야. 인제 와서.

좁은 시장길을 벗어나자 삼거리의 큰 길이 나온다. 사 차선 도로로 가려면 아랫길로 내려가야 한다. 하지만 형의 발길은 주택가가 있는 오른쪽을 향하고 있다. 그곳에서 멀지 않은 곳에 형의 집이 있다. 어째서? 허 08은 당황한다. 왜? 형에게 묻는다. 당연히 대답을 들을 수 없다.

'옷을 갈아입으려는 거야. 샤워도 해야겠지. 생선 비린내를 풍기며 버스를 탈 수는 없잖아.'

저 같아도 그렇게 했을 거라 알아서 이해해 준다.

'그래, 꽤 먼 길이잖아. 한 시간 거리야. 씻을 만해. 씻고 가야지.'

등산복 판매장 건물 왼쪽 길로 들어서자 오래된 빌라들이 줄지어 있는 주택가가 나온다. 그 길을 따라 빠르게 걷던 형이 들어선 곳은 '황제 빌라'라고 쓰인 현판에서 '제'가 지워진 낡은 5층 건물이다. 그는 난간을 지렛대 삼아 두세 계단씩 밟아 올라서더니 단숨에 3층에 다다랐다. 그곳에서 마주 보고 있는 두 집 중 왼편의 현관문을 연다. 뒤이어 신발을 벗어 던지고 거실을 가로질러 안방 앞으로 가기까지의 동작도 몹시 날렵하다.

하지만 갑자기 방향을 틀어 부엌으로 향한다. 이제 그가 보고 있는 것은 싱크대 위의 칼집이다. 일말의 망설임도 없이 식칼을 꺼내 든다. 숫돌에 잘 갈려 있는 칼은 그것을 바라보는 사람의 시선보다 날카롭다. 날 선 두 존재의 조우가 서로의 위압감을 배가시킨 듯하다. 하지만 형은 그것으로 만족하지 않는다. 한껏 힘을 준 손목에 푸른 힘줄까지 돋아있다.

사람과 칼이 향하고 있는 곳은 안방이다. 잔뜩 날을 세운 채 성큼성큼 걷는데 이번엔 아래층에 사는 사람들이 항의를 해도 전혀 부당하다고 할 수 없을 정도로 큰 발소리를 낸다. 쿵쿵. 온몸의 체중을 전부 발바닥으로 보낸 것 같은 소리가 급작스레 끊긴다. 하지만 그 침묵은 이삼 초도 이어지지 않는다. 안방의 문손잡이를 비틀어 짜듯이 돌리곤 벌컥 문을 열어젖힌 탓이다.

"이 새끼! 너, 또…."

형은 안방 안으로 한 발짝 들어서는 동시에 소리치다 말고 적막한 방을 휘둘러본다. 방 안은 고요하다. 아무것도 없다. 아무것도 없기에 당황한다. 이럴 리 없는데. 그는 표정으로 그렇게 말하고 있다. 정말 이럴 리 없는데.

그러다 급작스레 안색이 창백해진다. 가쁘게 숨을 몰며 서랍장 쪽으로 부리나케 몸을 날린다. 제일 아래 칸 서랍을 열고 안쪽 깊숙이 손을 밀어 넣어 무언가를 찾기 시작한다. 뒤이어 나온 것은 통장과 인감도장이다.

"아!"

형은 제 목숨 줄이라도 되는 듯 통장과 도장을 꽉 쥐고는 안도의 한숨을 내쉰다.

"아!"

형이 식칼을 들 때부터 불안한 기색을 보였던 허 08도 거의 동시에 탄식을 뱉어낸다.

"형…."

비틀거리는 허 08의 눈에 들어온 것은 서랍장 위의 가족 사진이다. 형과 형의 아내, 그리고 두 아이가 해맑게 웃고 있다. 그들 뒤로 보이는 것은 이국의 어느 바닷가다. 단란한 가족의 아침을 위해 휘파람을 불고 있는 것 같은 바다가 은빛으로 반짝인다. 허 08은 그 모습을 눈에 담으며 그대로 거꾸러진다.

"다 지워줘…."

허 08이 눈을 뜬다. 그는 눈동자만 굴려 옥탑방을 둘러보더니 그렇게 말하곤 다시 눈을 감는다. 그 짧은 순간 그의 머릿속에 뒤죽박죽 얽혀 지나가는 그림들엔 그가 죽음을 택한 순간, 생선을 자르는 그의 형, 소리를 질러대는 집 주인 여자, 유리문 밖을 내다보는 세탁소 남자 등이 나타났다가 곧 사라지곤 했다.

"다 지워줘."

그가 중얼거리기 시작한 것은 어느 대학의 강의실 교탁 앞에 서 있는 작달막한 중년 남자가 보이고 나서다. 오십 대로 보이는 남자는 키는 작아도 오랜 운동으로 몸매가 꽤 다부지다. 〈시스템이 당신의 부를 결정한다〉의 저자다. 내가 그 책을 썼지만 실제로 그를 만난 적은 없다. 애초 그의 강연을 바탕으로 원고를 쓰는 것이 조건이었고, 나도 딱히 그와 인터뷰까지 할 필요성을 느끼진 못했다. 첫눈에 그를 바로 알아보았던 건 강연 동영상 덕분이다.

하지만 몰랐다. 그가 또 다른 미처리 시신의 주인인 K657-8377653-지 31이라는 것은.

거짓말

K657-8377653-지 31은 내 담당이 아니다. 하지만 그에 대한 정보 정도는 알고 있다.

심사덕. 그는 지독한 가난으로 하루 한 끼도 챙겨 먹지 못할 정도로 힘든 어린 시절을 보냈다. 중학교에 들어갈 즈음엔 끼니 걱정에서 어느 정도 벗어났지만 지긋지긋한 가난이 완전히 물러간 것은 아니다.

하지만 오늘날이라면 생각할 수도 없는 희망이라는 게 있었다. 그가 고등학교에 다녔던 1970년대는 '개천에서 용 난다'가 가능했던 시대였으니까. 부모가 가난하더라도 자기만 영리하고 똑똑하면 얼마든지 명문대학을 갈 수 있는, 딱 그 정도의 희망은 허용되었던 시대.

그는 그러한 가능성을 최대한 활용해 성공을 이룬 표본과도 같은 인물이다. 가난한 집에서 태어났지만, 명문대 졸업, 대기업 입사, 초고속 승진, 최연소 이사까지 간 그의 이력은 많은 사람에게 감동을 주었다. 당연히 그가 내뱉는 모든 말에는 힘이 실렸다.

이를테면, 바라는 만큼 이루어진다, 환경 탓을 하기 전에 자신을 돌아봐라, 일찍 일어난 새가 많은 먹는다 등등. 그다지 새로울 것도 없을뿐더러 누구나 할 수 있는 말이라도 그의 입에서 나오면 그건 주옥이었다. 사람들에게 꿈과 희망을 줄 뿐 아니라 그것이 현실 가능한 일이라는 걸 충분히 이해시켰기 때문이다. 비록 현실과 전혀 상관이 없어도. 심지어 제대로 된 현실을 보지 못하게 하는 눈가리개의 역할을 하고 있어도. 그의 말을 듣고, 그의 말에 감동하고, 나름의 희망을 품게 되는 것만으로도 그의 존재는 충분히 빛을 발했다.

어찌 되었든 그를 믿는 사람들에겐 그가 말해주는 거짓된 희망이라도 필요했다. 그 사실을 잘 알고 있었기에 그는 위풍당당하게 각종 매체와 인터뷰를 했고, 방송출연과 강연을 통해 진리의 말들을 반복적으로 내뱉는 기염을 토했다. 그러한 존재를 출판사들이 그냥 보고만 있지는 않았다.

베스트셀러가 될 만한 건더기를 찾아다니는 데 혈안이 된 출판사 중 가장 행동력이 빨랐던 D 출판사가 그를 필자로 모셨다. 그의 삶을 곁들인 그의 말이 아주 잘 팔리는 상품이라는 걸 믿어 의심치 않았다. 그 탁월한 판단의 선상에서 나의 소임은 최전방이라고도 할 수 있는 원고 대필이다.

그러한 사실을 알 리 없는 허 08이 지 31의 강의까지 쫓아가는 열성을 보인 것은 당연한 일이었다. 하지만 지 31의 표정은 당연하지 않다. 그는 학생들이 다 빠져나간 강의실에 그대로 앉아 있는 허 08을 잡아먹을 기세로 노려보고 있다. 그가 마음만 먹는다면 허 08을 단숨에 거꾸러뜨리지 못할 것도 없다. 하지만 지 31은 성공한 사람의 철학을 널리 퍼뜨리는 위인답게 자신의 감정을 제어하곤 강의실 문 쪽을 향해 걸어간다. 그러자 허 08이 벌떡 몸을 일으켜 단숨에 강단까지 뛰어 내려가 지 31의 어깨를 우악스럽게 잡아챈다.

"아! 진짜!"

지 31이 재빨리 허 08의 손목을 꺾으며 팩 소리를 지른다.

"아아, 놔, 놔, 제발."

허 08은 자신의 육체에 가해진 고통보다 더 과장되게 신음을 뱉어내며 애원한다.

"한두 번도 아니고, 강의실마다 쫓아와서는 도대체 뭘 어떻게 하자는 거요? 내가 그냥 돈을 줄까요? 돈을 주면 떨어질래요? 내 책이 마술서라도 되는 줄 아나? 이 사람이 진짜 주문만 외우면 다 돼? 그럴 거면 온 세상 사람이 다 부자로 살게? 그냥 참고하라는 거요. 몰라? 참고서? 당신 인생의 참고서야. 그건. 그걸 활용하고 못 하고는 당신 할 일이지. 어디 와서 지랄이야, 이 미친 새끼가. 너, 진짜 죽어 볼래? 죽여 줘? 응? 씹새끼야!"

말을 할수록 점점 더 부아가 치민 지 31은 허 08의 손목을 처음보다 더 거세게 꺾어서는 아예 등 뒤로 돌려 버린다.

"아아! 놔! 내가 잘못했어요."

허 08은 결국 사과를 하고 말지만, 지 31은 손의 힘을 풀지 않는다. 되레 허 08 가까이 얼굴을 들이밀곤 나지막하지만 강한 어조로 협박한다.

"다시 한 번 더 눈에 띄어라. 죽고 싶으면."

그런 다음에야 허 08을 밀쳐내는데 그의 완력이 센 것인지 허 08이 허약한 것인지 몰라도 허 08은 교탁까지 뒷걸음 치더니 그 자리에서 나동그라진다.

"재수가 없으려니까. 별 미친 게 다 꼬이네."

지 31은 양복저고리 매무새를 매만지며 투덜거린다. 그러다가 문득 생각난 듯이 지갑에서 오만 원짜리 지폐를 대여섯 장 꺼내 허 08쪽으로 휙 내던진다.

"팔목을 비튼 건 미안했어요. 하지만 당신이 먼저 내 어깨를 잡지 않았소? 그 돈으로 병원에라도 가 봐요. 남은 돈으론 식사도 하고. 그런데 거, 사람이 왜 그 모양이야? 내가 거짓말쟁인 게 아니라 네가 그 책에 나온 내용대로 살지 못한 거지. 그리고 예전에 쓴 책 내용을 어떻게 다 기억해? 그렇지 않아? 넌 예전에 쓴 일기 같은 거 기억해? 예전에 쓴 걸 지금까지 다 기억하고 있는 게 이상한 일이지. 그러니까 자꾸 찾아와서 이상한 말로 강의실 분위기 흐리지 말아요. 내가 뭐가 돼? 그리고 그렇게 해서 당신에게 좋은 건 또 뭐야? 오늘로 마지막 합시다, 응? 오늘이 마지막이야. 젊은 사람이 그렇게 집요한 것도 좋은 버릇은 아니야. 어쨌든 미안하게 됐소. 내 분명히 사과했소. 병원비도 지급했고. 그러니 뒷말은 하지 말아요, 응? 그렇게 해요."

　지 31은 그렇게 말하고선 부리나케 강의실 밖으로 나가버린다.

　교탁 모서리를 짚으며 몸을 일으킨 허 08은 어이없는 표정이다. 자기가 그렇게 맥없이 나뒹굴게 된 것도 억울한데 지 31이 자신을 돈이나 받아 챙기는 위인으로 생각하는 것 같아 참을 수 없이 치욕스럽다. 얼굴이 붉게 달아오르고 힘줄이 불쑥불쑥 올라온 목도 빨간 홍시마냥 익어 있다.

　총체적 난국. 그의 머릿속에 떠오른 말이다. 그냥 〈시스템이 당신의 부를 결정한다〉의 저자를 만나 묻고 싶었을 뿐이다. 그래서 끈질기게 지 31이 강의하는 곳마다 찾아다니면서 그의 애제자 같은 자세-물론 허 08의 생각일 뿐이지만-로 진지하게 질문을 해댔다.

　"당신이 쓴 글대로 했는데 왜 아무것도 달라지지 않죠? '간절히 원하면 된다'고 했는데 간절히 원해도 되지 않았어요. 어떻게 된 일입니까? 상대의 마음을 간파하고 이해하라고 했죠? 전 그럴만한 상대가 없어요. 어떻게 상대를 구해야 할까요? 위기를 시련이 아니라 기회로 생각하라고 했잖아요? 그런데 전 지금 제게 닥친 위기가 그냥 시련인 것만 같아요. 어떻게 해야 기회로 생각할 수 있을까요?”

지 31은 한 번도 제대로 된 답변을 해주지 않았다. 심지어 강의를 들으면 들을수록 의문만 더 늘었다. 그러다 사흘 전엔 지 31이 자신이 쓴 책의 내용조차 모르고 있다는 것을 확신했다.

“당신은 사기꾼이야!”

작정하고 한 말은 아니었다. 그것도 강의실에 앉아 있는 수백 개의 눈이 자신을 보고 있는 그 시점에서. 하지만 한번 터진 말은 봇물 터지듯 쏟아졌다.

“당신은, 당신이 시키는 대로 하면 모든 것이 다 해결되는 것처럼 굴었어. 하지만 아무것도 달라지지 않았어. 정말 궁금해서 묻는 건데, 당신, 정말 이 책대로 하면 성공할 수 있다고 믿어? 나 같은 사람은 말이야. 학벌도 없고 돈도 없어. 그런데도 정말 나 같은 사람도 성공할 수 있다고 믿느냐고? 믿어? 입이 있으면 말해 봐. 그 잘난 책에 쓴 대로 당당하게 말해보라고.”

허 08은 속이 뻥 뚫리는 기분을 맛보았다. 그와 더불어 자신이 그렇게 유창하게 말을 했다는 사실에 속으로 깜짝 놀라기도 했다. 하지만 강단에서 온몸을 부들부들 떠는 지 31의 눈과 마주치자 곧 고개를 숙여버리곤 웅얼거렸다.

"사기꾼이라는 말은 취소요…."

그날 이후로 뭘 먹기만 하면 속이 더부룩해졌고, 수시로 헛구역질까지 해댔다. 희망이 빠져나간다. 모래처럼. 책대로 하기만 하면 성공한 인생을 살 수 있을 것이라 믿었는데, 아니었다.

'와, 씨. 제대로 속았구나.'

사과라도 받고 싶었다. 그래야 마음이 풀릴 것 같았다. 단지 그 이유로 다시 찾았는데, 손목이나 꺾이고 거지보다 못한 취급을 당하고나 있다. 허 08은 교탁 모서리에 찍힌 등의 통증이 심해지자 왼팔을 뒤로 돌려 상처 부위를 만져 본다. 손끝의 감촉으로 판단하기에 조금 부어있다. 심하게 다친 것은 아니지만 다쳤다는 사실 자체에 화가 난다. 게다가 바닥에 흩뿌려진 오만 원권 지폐를 보니 가슴까지 아린다. 눈시울이 뜨거워진다. 그대로 있다간 어린아이처럼 굵은 눈물방울을 뚝뚝 흘리며 울 것 같다. 그는 거칠게 눈을 비비곤 바닥에 엎

드려 흩어져 있는 돈부터 끌어모아 쥔다. 뒤이어 부리나케 강의실 밖으로 빠져나간다.

지 31의 이동 경로는 이미 알고 있다. 그는 강의실에서 좀 떨어진 신관 기숙사 건물 뒤편에 차를 세워두었다. 틈틈이 걷기 운동을 하기 위해서다. 그리고 무엇보다 신관 기숙사 건물의 뒤편 벤치에 앉아 직접 타 가져온 홍삼차를 마시는 걸 좋아한다. 그는 아들과 딸을 미국에 있는 고등학교로 보낼 때 아내도 함께 보냈다. 그게 바로 오 년 전이다. 오 년을 기러기 아빠로 살아오면서도 별다른 불만은 없다. 적어도 허08이 보기엔 그랬다. 자신감 넘치고 웃음기 가득한 얼굴을 보면 누구라도 그렇게 생각했을 것이다.

복도를 달려 현관문을 통과하자 넓은 길이 나왔다. 겨울 방학이 시작될 무렵의 캠퍼스는 한적하다. 숨이 턱까지 차오도록 속도를 냈다. 주차장이 가까워지자 지 31의 모습이 보인다. 지 31은 벤치에서 일어나는 중이다. 늦지 않았다. 충분히 그를 잡을 수 있다. 그것만으로도 안심되었다. 그렇다고 발걸음의 속도를 늦추지는 않는다.

저 앞에는 그가 한때 존경했으나 의심하기도 했던 남자가 있다. 여러 장의 오만 원권을 뿌리고서도 아까운 기색 하나 없었던, 귀찮은 존재에게 병원비와 식사비를 내주며 충고까지 얹어주었던 남자다.

허 08은 이젠 그에 대한 마음이 어떤 것인지 알지 못한다. 존경, 선망, 의심, 실망, 미움 등이 명확한 선을 긋지 못하고 뒤섞여 있다.

"선생님!"

지 31이 돌아봤다. 처음엔 놀라는 듯했으나 곧 싫어하는 내색을 감추지도 않고 일그러뜨린 얼굴로. 허 08은 몹시 솔직한 그 표정이 그의 책보다 낫다는 생각을 한다. 그가 '저 미친 새끼가'라는 말을 내뱉기 전까지는.

"이 돈…."

도둑질할지언정 동냥은 거절이다. 누군가에겐 도토리 키 재기 같은 일일 수도 있겠지만, 허 08에겐 중요한 문제다. 그는 자신의 마음을 지 31에게 충분히 이해시키고 싶다. 지 31을 향해 빠르게 걷는다. 지 31의 걸음도 빨라진다. 그러다 누가 먼저라고 할 것도 없이 둘 다 뛰기 시작한다. 앞서 뛰던 지 31이 차 문을 열고 운전석에 앉는다. 뒤이어 차 문을 닫으려는데 허 08이 그 앞에 도착한다. 허 08은 다짜고짜 지 31의 얼굴을 가격한다. '내려요' 혹은 '내 말 좀 들어봐요'라는 말이 다시는 먹히지 않을 것이라는 걱정과 문을 닫으면 어쩌나 하는 조바심의 결과다.

두 번째 주먹까진 날릴 생각은 없었다. 하지만 자신을 쳐다보는 지 31의 눈빛이 거슬렸다. 한 대 맞은 건 분명 그였는데, 마치 저가 주먹을 날린 것 같은 눈빛이다. 서슬 퍼런 경멸 어린 시선이 그가 알고 있는 누군가의 시선을 생각나게 했다. 형. 빌어먹을 형.

형으로 보이는 낯짝에다 수십 번은 더 주먹을 날렸다. 그러자 형이 이를 바득바득 갈며 소리쳤다. '이따위로 살래? 도대체 왜 사냐? 응, 왜 사냐고!' 제 목소리도 들렸다. '개새끼, 미친 새끼, 죽어라. 그냥 죽어.' 각다귀처럼 들러붙는 온갖 소리에 속이 시끄럽다. 벗어날 길은 오로지 자신의 에너지를 모조리 다 끌어내어 움직이는 것밖에 없다.

손의 감각이 점점 무디어졌다. 마치 온라인 게임의 전사처럼 반복적으로 주먹을 휘두르는 자신의 모습을 화면으로 보는 것만 같다. 그런데 누군가 끌끌거리는 목소리를 냈다.

“사, 살려줘.”

그제야 허 08은 깨진 수박 건더기 같은 게 덕지덕지 붙은 지 31의 얼굴을 보곤 소스라치게 놀라 뒷걸음쳤다. 왜 이런 모습으로 있는 거야? 허 08은 도무지 이해할 수 없다. 지 31은 언제나, 늘, 항상 자신감 강한 표정을 짓고 확신에 찬 목소리로 말하는 자다. 그런데 어떻게 이러고 있는 거지? 허 08은 죽도록 얻어맞은 이가 그 자신인 양 비틀거렸다. 순간, 퉁퉁 부은 눈을 뜨지도 못한 지 31이 허 08의 소매 깃을 잡는다.

“살려줘…….”

‘내가 뭘 어떻게 했다고? 당신이 날 좀 살려줘.’

허 08은 목구멍까지 차오른 말을 꾹 참아내고는 지 31을 보조석에 앉히곤, 그 자신은 운전석에 앉았다.

‘생각해보자. 잘 생각하자. 죽진 않았어. 사람이 이렇게 쉽게 죽을 리 없어. 병원에 데려다주면 돼. 그러면 돼. 그런 다음엔? 아, 그래, 도망가야지. 내 이름도 모르잖아. 주소나 전화번호도 알지 못하고. 날 찾을 수 없을 거야. 찾지 못하겠지. 경찰에 신고하면? 아니야, 그래도 못 찾아. 어떻게 찾아?’

주차장을 벗어났어도 교문까지는 꽤 거리가 있다. 붉은 벽돌 건물을 지나 내리막길로 내려가는데 핸드폰 벨 소리가 울린다. 받을 생각은 없다. 어차피 중요한 전화 따윈 올 리도 없고 설혹 중요한 전화여도 통화할 상황이 아니다. 몇 번 울리다 말겠지. 그렇게 생각했지만, 전화를 건 상대는 이쪽이 받을 때까지 멈출 기미를 보이지 않았다. 결국, 그는 운전대를 잡지 않은 손으로 주머니 속 핸드폰을 꺼내려다 그대로 바닥에 떨어뜨리고 만다. 그제야 그는 심하게 떨고 있는 자신의 손을 본다.

그때다. 보조석에 앉혀둔 지 31이 벌떡 일어나서는 팔꿈치로 허 08의 목덜미를 가격한다. 자동차가 지그재그로 움직인다. 놀이공원을 한 번도 간 적이 없는 허 08로서는 놀이 기구를 탈 때 이런 느낌이 들지 않을까, 생각한다. 하지만 지 31의 구두, 그러니까, 갈색 에르메스 구두를 본 순간, 허 08은 덥석 그의 발을 쥐어 최대한 자신 쪽으로 끌어당긴다. 지 31이 사선으로 기우뚱거리는 것을 느끼며 온 힘을 다해 그의 발목을 꺾는다. 비명이 들린다. 처음엔 지 31의 비명인 줄로만 알았다. 하지만 비명은 이중창이다. 아악, 아!

가로수를 들이받은 차는 멈춰 섰다. 앞 유리창은 깨지지 않았다. 하지만 보조석의 옆 유리창을 들이받은 지 31의 머리는 확실히 깨져 있다. 허 08도 0.1초 혹은 0.2초 동안 정신을 잃긴 했다. 하지만 그는 자신이 아주 잠깐 정신을 잃었던 것을 알지 못한다. 사고에 놀라 질끈 눈을 감았다가 뜬 것으로만 여긴다. 그도 그럴 것이 그는 그 어느 때보다 능숙한 솜씨로 운전대를 돌리고 있었다.

마주한 죽음

허 08은 적어도 세상에서 가장 나쁜 일은 타인의 목숨을 빼앗는 것으로 생각할 줄 아는, 나름의 도덕심은 가지고 있다. 어쨌든 의무교육을 받는 동안 그러한 기본은 꽤 반복적으로 배웠다. 그래서 그는 자신으로 인해 사람이 죽었다는 것을 두렵게 받아들인다. 하지만 이미 일어나버린 일이다. 죽은 자를 애도할 시간은 없다. 두려움을 누를 여유도 없다. 그는 오로지 자신이 한 일과 그 일의 결과를 완벽히 감추는 데만 몰두한다.

방법은 있을 것이다. 방법. 어떠한 일이든 방법이라는 건 존재한다. 저자도 〈시스템이 당신의 부를 결정한다〉에서 그렇게 말하지 않았던가. 절실하다면 어떠한 방법이라도 찾을 수 있다. 절실함, 그 어느 때보다 절실하다. 진정한 절실함이란 이런 거라고 깨달을 정도로 절실하다. 그 때문에 그는 〈시스템이 당신의 부를 결정한다〉가 그렇게 헛되지만은 않다고 생각한다. 몹시 절실하게 완전범죄를 꿈꾸는 사람에겐 그야말로 좋은 길 안내서다.

그가 차를 끌고 간 곳은 학교에서 꽤 멀리 위치한 산기슭이다. 따로 등산로가 마련되어 있지 않아 사람들이 잘 찾지 않는 곳이다. 산은 모든 것을 감싸준다. 모든 생명체는 물론이거니와 모든 죽은 것들도. 그래서 많은 사람이 말하지 않는가. 산은 너그럽다고. 그는 그 너그러움이 자신에게도 깃들기를 간절히 바라며-'간절히 바라는 것은 일종의 주문이다'라고 말한 심상덕은 옳았다.- 지 31을 짊어지고 산길을 오르기 시작한다. 생각해둔 적절한 장소가 있는 것은 아니다. 하지만 산은 적절한 장소를 제공해줄 것이다. 저 푸른 소나무 군락지 어디엔가, 여간해서 사람의 발길이 닿지 않은 비탈 어디엔가.

길이 만들어지지 않은 숲길을 끝없이 걷는다. 이미 사위는 어둑해졌지만 두렵지 않다. 자신도 놀라울 정도로 별다른 감정이 들지 않는다. 그냥 절실함만 있다. 업고 있는 시체를 아주 잘 숨기고 싶은, 그 누구도 발견하지 못하게 우주 밖으로 치워버리고 싶은. 그러다 몇 번 헤매기도 한다. 하지만 나쁘진 않다. 헤맨다는 것은 다른 사람도 찾기 어렵다는 것을 의미하기 때문이다.

두어 시간쯤 지났을까. 유독 수풀이 우거진 곳을 찾아낸다. 길이 없는 곳이니 당연히 발자국도 없다. 그곳에 시신을 놓는다. 이젠 깊이 땅만 파면 될 일이다. 생각은 그랬는데 연장이 없다. 뒤늦게 깨닫곤 제 손으로 제 머리를 세차게 쥐어박는다. 후회해봐야 소용없는 일이다. 게다가 땅에 묻지 않아도 될 만큼 외딴곳이다. 그 순간에도 그는 여전히 완전범죄를 꿈꾸었지만 '이 정도면 됐다'라는 평소 그의 습관대로 그냥 그곳에다 시체를 버리고 간다.

그 후로 그가 그 산을 찾은 건 단 한 번뿐이다. 수십 번도 더 고민한 끝에 7일째 되는 날 삽을 들고 산을 올랐다. 아무래도 시신을 좀 더 완벽하게 묻기 위해서다. 하지만 처음 그 산을 찾아왔을 때와 마찬가지로 길을 잃고 헤매게 된다. 두어 시간쯤 시신이 있는 주변만 뱅뱅 돌다 수십 년은 삭힌 것 같은 홍어 냄새를 맡는다. 시신이 있는 곳이다. 직감적으로 예감한다. 단지 목표물을 찾았다는 이유만으로 냄새의 근원지를 찾아 기쁘게 뛴다.

보물찾기 놀이에서 단 한 번도 이겨본 적이 없었던 그다. 지금 생각해보니 그 당시엔 보물이랍시고 숨겨둔 학용품에선 어떤 냄새도 나지 않아서다. 냄새를 가진 보물이었다면 보물찾기에서 그를 당해낼 아이는 없었을 것이다.

하지만 곧 그는 자신의 후각에 저주를 퍼부으며 그 자리에 주저앉고 만다. 그는 착각하고 있었다. 지 31의 시신을 등에 업어 그곳까지 온 이력이 있으니 두 번이라고 못하겠느냐는 생각을 했다. 하지만 그때 등에 업은 것은 죽은 사람이었고, 지금 그의 눈앞에 적나라하게 드러난 것은 가혹하고 잔인한 '죽음' 그 자체였다.

죽음은 정지상태가 아니었다. 온갖 벌레들이 모든 구멍과 찢어진 피부 사이에서 바글거리는 주검은 숫제 커다란 구더기처럼 꿈틀거리고 있다. 그쪽으로 다가가는 것은 죽음의 아가리 속으로 제 몸을 밀어 넣는 것이나 다름없다. 죽음은 전염병처럼, 아니, 물귀신처럼 자신을 끌어당기고 말 것이다. 그는 두 팔만 파닥거려 엉덩이를 뒤쪽으로 밀어 시신이 보이지 않는 곳으로 가서야 겨우 일어선다. 뒤이어 부리나케 달린다. 차마 비명도 내지르지 못하고.

◇◇◇◇◇

허 08은 정신을 차렸지만 그대로 누운 채 몇 초간 두 눈만 끔벅거린다. 어디까지가 기억이고 어디까지가 현실인지 감을 잡지 못하고 있다. 그러다 사람들의 발소리와 말소리 같은 것을 듣고는 벌떡 몸을 일으킨다.

바로 그의 앞에서 두 명의 경찰관이 한쪽 무릎을 꿇고 앉아 무언가를 내려다보고 있는 것을 발견하곤 그 사이로 쑥 얼굴을 내밀어 본다. 그곳에 있는 것은 지 31의 시신이다. 그제야 자신이 그 숲, 심상덕의 시체가 있는 숲 속에 와 있음을 깨닫는다.

그와 동시에 술 취한 나방처럼 뱅글뱅글 돌며, '여긴 아니야. 여긴 오면 안 돼'라고 중얼대기 시작한다. 그러다 곁눈으로 슬쩍 지 31의 시신을 보더니 질끈 눈을 감고는 조금 전보다 더 지름을 넓혀가며 빙빙 돈다. 그 통에 현장에 있는 경찰관들의 몸을 통과하기도 하고 나무 사이에 낀 것처럼 두 팔만 내밀어 파닥거리기까지 한다. 한참을 그러다 겨우 안정을 되찾나 했는데 이젠 시신에서 멀찍이 떨어진 곳으로 터벅터벅 걸어가 나무 아래 쪼그려 앉더니 주절거린다.

"결국, 발견되었어. 이럴 줄 알았지. 내가 하는 일이 그렇지. 그런데, 이봐. 나는 그럴 생각이 아니었어. 정말이야. 당신이라도 믿어줘. 저 사람을 존경했다고. 아니, 사실은 미워하기도 했어. 하지만 사람이 밉다고 죽이나? 난 아니야. 그런 빌어먹을 새끼가 아니라고. 아, 그런데 어쩌다 이렇게 된 거지? 나는 그냥 저 사람의 강의를 듣고…."

허 08이 주절거리는 동안 경찰관들도 시신의 주변을 분주하게 살핀다. 그러는 사이 나이가 좀 들어 보이는 경찰관 한 명이 지 31의 양복 세 번째 단추에 무언가가 끼어 있는 것을 발견한다. 그는 조심스럽게 단추를 잡고는 검은 실 같은 것을 쑥 빼낸다.

"머리카락이네."

남자의 동작은 차분하다. 하지만 그의 목소리엔 희열 같은 것이 깃들어 있다. 허 08이 고개를 번쩍 든다. 뒤이어 남자가 있는 쪽으로 잽싸게 뛰어가더니 소리친다.

"그거 내 거야. 옥탑방으로 가. 제발! 옥탑방으로 가!"

2장

망치를 든 신

빈소에서

몹시 달콤하게 들렸던 말이 있다.

"나가자. 술 사줄게."

아마도 그 당시의 나는 누가 봐도 외롭고, 서글프고, 한심한 사람이었을 것이다. 엄마의 영정사진이 있는 빈소에 혼자 앉아 바로 옆 빈소에서 들려오는 곡소리, 조문객들의 떠드는 소리 같은 걸 들으며 하염없이 바닥만 내려다보고 있었으니 말이다. 그나마 파리와 모기 같은 곤충들이 내 주변을 빙빙 돌며 치근덕거리지 않았다면 시체처럼 손가락 하나 까딱하지 않았을 것이다.

그러한 때, 한 남자가 빈소로 들어섰다. 남자는 향을 피우고 절을 하는 대신 바로 내 앞에 쪼그리고 앉아 빤히 내 얼굴을 쳐다봤다. 페르시아고양이의 꼬리처럼 하얀 머리칼과 콧등에 살짝 걸친 안경알 너머의 뱁새눈이 꽤 인상적이었지만 아무리 떠올려 봐도 내가 아는 사람은 아니었다.

"조문객이 없는 게 대순가. 누구나 다 사람들과 어울려 살지는 않아. 하지만 지금 자네에게 필요한 건 사람이지. 그런 의미에서 내가 술을 사지."

낯선 남자가 무슨 이유로 이런 말을 하는지, 도대체 어떤 의도로 접근한 건지, 또 왜 대뜸 반말인지 등등 온갖 생각이 뒤죽박죽 엉킨 상태였지만 믿을 수 없게도 내 입에서는 '그러죠'라는 말이 나가고 있었다. 상주라곤 나뿐인 상황에서 나까지 나가 버리면 엄마의 빈소는 그냥 하나의 빈 곳에 불과해진다는 건 그 이후에야 생각해냈다.

남자가 데려간 곳은 병원 옆 골목길의 한정식집이었다. 그곳에서 그는 자신의 이름이 김영필이며 헌책방 '솔'을 운영하고 있음을 밝혔다. 심지어 강남에 6층짜리 건물을 가지고 있으며, 그 건물의 세만도 월 5천만 원이 넘는다는 따위의 말을 자랑이 아니라면서 자랑처럼 떠들어댔다. 혼자 앉아 있는 내가 안쓰러워서 데려고 나왔다는 그의 말이 진심인지 의심스러울 정도로 그는 자기 이야기만 했고, 어쩌다 나에 관해 묻더라도 그 대답을 듣기 전에 또다시 자기 이야기로 돌아가곤 했다.

'이럴 거면, 도대체, 왜?'

황당해했던 나와 달리 그는 그 후로도 곧잘 그 날의 일을 영웅담처럼 입에 올렸다. 당시 그는 옆 빈소 조문객으로 왔다가 사람들이 엄마의 빈소에 대해 수군거리는 소리를 들었다. '어쩌면 저렇게 조문 오는 사람이 없을까, 생전에 어떻게 살았으면. 요즘엔 결혼식 하객을 아르바이트로 쓰는 사람들도 있던데, 저 상주는 엄마의 체면을 생각해서 아르바이트라도 쓰지' 등의 말에 정말 가슴이 아팠다고 했다. 그래서 성지 순례하듯 엄마의 빈소로 와 누추하고 외로운 젊은 남자에게 선뜻 손을 내민 것이다. 그 당시 내가 간파하지 못한 것은 그가 나를 위해서가 아니라 그 자신을 위해 움직였다는 사실이다.

"단지 그것만은 아니야."

김 사장은 공기를 뺀 튜브마냥 흐물흐물해진 허 08을 책상 위에 넓게 펼치며 중얼거리듯 말한다.

"기억은 때로 이상한 형태로 변형되기도 하고 잘려나가거나 덧붙여지기도 하지. 그때 동생은 엄마를 잃은 사람이 아니라 말을 잃은 사람처럼 입을 다물고 있었어. 그런 건 기억나지 않나?”

“…….”

“동의하지 못하는군. 뭐, 아무래도 괜찮아. 이제 와 네가 옳다느니 내가 옳다느니 싸울 것도 아니고. 하지만 언젠간 이 허 08처럼 영혼까지 빠져나간 껍데기가 되면 정확한 기억만이 남겠지. 이건 그냥 아무것도 첨가되지 않은 기억, 그 자체니까.”

김 사장의 말마따나 이제 와 누구의 기억이 맞는지 따위로 입씨름하고 싶지 않다. 이 생각을 바로 읽어 낸 김 사장은 씩 웃더니 허 08의 영혼을 반으로 접는다.

“이렇게, 끝을 잡고는 김밥처럼 둘둘 말아. 간단하지? 그런 후엔 세로의 양쪽 끝부분을 잡고 두 번 더 접으면 돼. 간단하지?”

이제 김 사장이 들고 있는 것은 인간의 형체와는 무관해진 사각형의 사물이다. 그는 그것을 책상 위에 올려두고 제본을 해둔 책을 펼친다.

"이번 과정 역시 간단해. 하지만 힘 조절이 필요하지. 힘을 세게 줄 필요가 없어. 그냥 한 번 쓱 바르면 돼. 이렇게."

김 사장은 말을 끝낸 것과 동시에 허 08의 영혼을 백지 위에 쓱 바른다. 백지는 곧바로 허 08의 기억 활자로 채워진다.

"〈치다꺼리 지침서〉에는 없지. 애초 편집자의 일이니까."

"그런데, 왜?"

"알아두라고. 알아둬서 나쁜 게 있나?"

"좋지는 않습니다."

"좋지는 않다, 왜? 비인간적으로 보여서? 잊으면 안 되지. 동생은 인간이 아니야."

김 사장은 책장을 넘겨 허 08의 영혼을 또 한 번 쓱 문지른다. 그렇게 책장을 한 장 한 장 넘길 때마다 허 08의 영혼의 부피도 점점 줄어든다.

"이렇게 책이 되는 거야. 멋지지?"

김 사장은 대뜸 그렇게 말하고는 엄지와 검지로 겨우 잡아낼 정도로 줄어든 허 08의 영혼을 마지막 페이지에다 펴 바른다. 이제 허 08은 그의 시신이 발견되기 전까지 기억만 기록된 책으로 이곳 책장에 꽂혀 있게 될 것이다.

이건 정말이지 일종의 강박증이다. 모든 것을 기록하고 보관한다. 도대체 미처리 시신의 주인을 이렇게까지 보관하는 이유를 알 수 없다. 〈치다꺼리 지침서〉에는 그러한 이유 같은 건 써두지 않았다. 알 필요가 없다는 거겠지. 치다꺼리에 불과한 존재는. 뭐, 그래서 지침서겠지만.

김 사장 손에서 책으로 거듭난 S032-3905696-허 08은 책상 바로 뒤의 책장 다섯 번째 칸에 꽂혔다. 이후 사암책장들의 형태는 변형을 일으켰다. 무덤처럼 완만한 곡선을 그리던 각 책장의 높이가 이전보다 들쑥날쑥해진 것이다. 당연히 각 책장의 분류번호도 달라졌다. 거 08- 허 08은 고 17- 호 17로, 기 03- 히 03은 교 19 - 효 19 같은 것으로. 하지만 책장의 형태가 달라졌다거나 번호가 바뀌었다고 길이가 더 넓어지거나 좁아진 것은 아니다. 또한, 이 밋밋한 시간도 그대로다. 그러든 말든, 김 사장은 200여 장의 백지 뭉치에다 진회색 표지를 입혀 굵은 실로 꿰매고 있다.

나 역시 아직 해야 할 일이 있을 것이다. 세상에서 남모르게 죽어가는 존재들이 이처럼 없을 리가 없다. 분명 이쯤 되면 또 다른 미처리 시신의 주인 치다꺼리를 맡을 만도 한데.

미처리 시신의 주인.

허 08만이 아니다. 나와 김 사장도 그와 다르지 않은 신세다. 지금 내 주검은 어디에 버려져 있을까? 김 사장의 주검은?

죽었던 순간을 소환해내려 애썼지만 정말 아무것도 기억나지 않는다. 하지만 김 사장에 대해선 조금 알 것 같기도 하다. 그 날이었을 것이다. 우리 집에 오기로 한 날을 전후로 죽었을 것이다. 직접 그를 찾는 대신 경찰에 신고만 했어도 그는 미처리 시신의 주인 같은 건 되지 않았을지도 모른다. 적어도 그래, 적어도 장례는 치를 수 있었겠지.

하지만, 그 날 나는 시요를 만났다.

그 여자, 시요

김 사장을 기다리다 못해 찾아간 책방의 문을 연 순간, 목장갑을 낀 채 책을 정리하는 여자의 뒷모습부터 눈에 들어왔다. 직감적으로 시요임을 알았다.

"시요는….."

어느 날부터인가 김 사장은 모든 말을 이렇게 시작했다. 시요는 김 사장 집안일을 봐주는 파출부의 딸이었다. 김 사장은 그녀를 그저 조카딸처럼 대하려 했다. 하지만 몇 번의 만남으로 마음이 가기 시작했고 50대 중반인 그가 20대 중반의 젊은 여자를 탐내는 게 가당키나 한 일인지를 고민하게 되었다.

김 사장과 그녀의 관계가 진척되는 동안 내 역할도 달라졌다. 처음엔 고민을 들어주는 상담사로 그다음엔 여자의 마음을 얻는 수법을 가르쳐주는 연애 안내서-〈연애하고 싶을 때〉를 대필하면서 알게 된 기술을 이렇게 써먹게 될지는 몰랐다-로 마지막엔 모든 연인이 그러하듯 당연히 겪게 되는 갈등을 들어주고 조언해주는 친구로. 그런 가운데 그녀는 우리가 나누는 대화의 많은 부분을 차지하게 되었다. 하지만 직접 내 눈으로 본 적은 없었다.

그러던 어느 날 김 사장은 시요와 살 신혼집을 찾기로 했다며 헌책방 '솔'을 봐달라고 부탁했다. 시요가 지금의 집을 싫어한다는 게 그 이유였다. 엄마가 파출부로 일한 집에서 살고 싶지 않을 거라고 김 사장은 마치 그녀가 원하기 전에 먼저 배려해서 결정한 것처럼 말했지만, 그의 표정이나 어조는 억지로 이사하는 것 같은 기색이 역력했다.

50대 중반 남자가 20년이나 살던 집을 내놓을 정도로 마음을 얻고 싶어 하는 여자는 도대체 어떤 사람일까. 갑자기 궁금해지기 시작했다. '예쁘진 않지만 예쁜 분위기를 내는 여자'라는 김 사장의 표현대로라면 누구나 돌아볼 정도로 뛰어난 외모의 소유자는 아닐 것이다. 게다가 책이라면 질색해 책방에는 발걸음도 않으려 한다니 책 속에 인생이 있다고 생각하는 김 사장과 별로 맞는 부분이 있을 것 같지도 않았다. 그런데도 자신의 삶은 시요를 만난 이전과 이후로 나뉜다는 낯간지러운 말까지 할 정도로 김 사장에게 있어서 그녀의 존재는 절대적 위치를 점령하고 있었다.

어떤 여자일까. 직접 본다면 김 사장의 마음을 조금이나마 이해할 수 있을까. 그녀는 나이 많은 남자가 젊은 여자에게 이끌리는 본능 이상의 무언가를 가진 것일까. 그런데 김 사장은 그렇다 치고 그녀는 아버지뻘 되는 남자와 무슨 마음으로 연애를 시작한 것일까. 묻지도 않았는데 '시요는 돈 때문에 남자를 사귀는 여자는 아니다'라는 말까지 한 걸 보면 김 사장 역시 그녀에 대한 내 의심을 눈치챘거나, 그 자신이 먼저 의심했던 것 같기는 하다.

어쨌든 나는 김 사장의 말을 토대로 그녀의 이미지를 만들고 있었다. 약간 튀어나온 이마, 초승달처럼 잘 정리된 눈썹, 쌍꺼풀 없이 길고 가는 눈매, 선이 날카로운 콧대, 조그맣고 얇은 입술이 서늘하고 차가운 인상을 만들어낸다. 하지만 얼굴의 온 근육을 이용해 환하게 웃는 모습은 꽤 소박하다. 그리 마른 편이 아닌 데다 키도 커 원피스가 잘 어울린다. 동작이 큰 편은 아니지만, 무용수처럼 팔과 손의 움직임이 부드럽고 우아하다. 특히 그녀는 자신보다 나이가 많은 상대와 말하는 데 거침이 없으며, 사소한 일엔 별로 신경을 쓰지 않아 사람의 마음을 편안하게 해주는 부분이 있다. 말이 많지는 않지만 한번 말을 하면 조잘거리는 참새 같고 화가 나 있을 땐 평상시보다 굵고 낮은 목소리를 내 상대방을 불안하게 만드는 힘 같은 게 있다. 김 사장의 말을 다 믿은 것은 아니지만, 그럭저럭 괜찮은 여자일 것 같기는 했다.

그런데 시요는….

헌책방의 특성상 아무나 들어서도 전혀 이상할 것이 없는 상황인데도 내가 들어서자 살짝 뒤로 물러서는 것으로 경계심을 보였다. 그 순간 이상기류 같은 침묵이 아주 짧게 머물렀는데, 시요에게서 흘러나온 것이 분명한, 불안 입자가 문 앞에 서 있는 내게도 전해져 왔다. 선뜻 그녀 가까이 다가서지 못하고 그 자리에 선 채 재빨리 입을 열었다.

'형님과 아는 친한 동생이다. 당신은 시요인가. 형님에게 얘기 많이 들었다. 어제 형님이 오늘 우리 집에 오겠다고 전화했다. 의논할 일이 있다고 하더라. 그런데 형님은 오지 않았고, 전화도 되지 않는다. 사실 어제 전화통화 목소리도 좋지 않았다. 무언가 나쁜 일이 생긴 것 같은데 전화상으로는 말할 수 없다고 하더라. 그래서 더 걱정된다. 혹시 무슨 일이 생겼는지 아느냐?' 등의 말을 두서없이 주절거렸다. 말하는 내내 시요의 불안감을 조금이라도 덜어주고 싶었기에 김 사장이 걱정된다고 말한 부분조차 편안한 웃음을 띠려 노력했다. 그리고 말을 끝낼 즈음 시요의 경계심이 어느 정도 풀렸다는 걸 느낄 수 있었다.

"아, 혹시 대필한다는…."

"네. 바로 접니다."

냉큼 대답하자 시요는 싱긋 웃었다. 김 사장 말대로다. 그녀는 예쁜 편은 아니었지만, 사람의 시선을 사로잡는 무언가를 가지고 있다. 김 사장은 그 무언가를 사람을 똑바로 바라보는 검은 눈동자와 선이 예쁜 팔 동작이라고 했지만 내가 보기엔 상황에 따라 솔직하게 드러나는 표정의 변화 때문이다.

"그런데 왜 말하지 않았을까?"

혼잣말처럼 중얼거렸지만 내 귀에는 '너와 좀 더 깊은 대화를 하고 싶다'는 신호처럼 들렸다. 그 말을 하는 순간 그녀의 손이 살짝 내 손등을 건드렸기 때문일 것이다.

"뭘요?"

"여행을 갔거든요."

"여행? 여행이라고요? 아니, 어디로?"

"그건 말해주지 않았어요. 며칠 전부터 계속 같은 책을 보더니…. 그런데 책 이름이 잘 기억나지 않네요. 상당히 길던데…."

"혹시… 〈사막의 밤들에서 찾아낸 사람의 마음자리〉를 말하는 건가요?"

"맞아요. 그 책이었어요."

"그럴 줄 알았어요. 한동안 그 책을 읽으며 사막여행을 가면 좋겠다고 했거든요. 하지만 그때 전 형님이 좀 이상하다 했죠."

"여행을 가고 싶다고 하는 게 이상해요?"

"아, 그게 아니라…. 그 책은 시집이었거든요."

"시집을 읽는 게 이상한 건가요?"

"그게 아니고…. 이런 말을 하는 게 좀 그렇지만…. 오해는

마십시오. 형님 욕을 하는 게 아니라 그냥 사실을 말하는 거
니까요. 형님은 밑줄 그은 책만 봐요. 그 때문에 헌책방을 차
린 거라더군요.”

“몰랐어요. 그냥 책을 많이 읽는 사람인 줄로만 알았어요.
언젠가는 하루에 스무 세 권이나 읽은 적도 있다더라고요.”

“사실 그게 따지고 보면 읽었다고 할 수도 없죠. 밑줄만 읽
으니까. 그런데 시는 밑줄만 읽을 수 없잖아요. 읽으려면 다
읽어야지. 형님은 책을 처음부터 끝까지 읽는 걸 비효율적이
라고 생각해요.”

“정말 몰랐어요.”

“저한텐 자주 말해요. 자기처럼 책을 읽으라고. 밑줄을 읽
으면 저자의 생각뿐 아니라 독자의 생각도 알 수 있고 속도
도 빨라지니 몹시 경제적이라고요.”

“그럼 당신도….”

“황익주입니다.”

“그럼 익주 씨도 밑줄만 읽어요?”

“전 형님 생각에 동의하지 않아요. 전 처음부터 끝까지 다
읽어야 한다고 생각하거든요.”

"왜요?"

"정확하게 이해하기 위해서죠."

"그럼 김 사장님은 정확하게 이해하지 않는다는 건가요?"

"제 생각은 그렇습니다."

"그렇구나…. 익주 씨는 정확하게 이해하는 걸 좋아하나 봐요."

"적어도 책을 읽을 땐…."

"다른 건요? 다른 것도 그래요?"

"다른 거라면… 뭘 말씀하시는지?"

"이를테면… 김 사장이 여행을 왜 갔는지, 어디로 갔는지 같은…. 이런 일도 정확하게 이해하고 싶어 해요?"

"뭐, 그렇죠. 찜찜하잖아요. 그런데 사막으로 여행 간 게 맞을 겁니다. 말도 없이 간 게 좀 그렇지만. 내일쯤이면 통화가 되겠죠. 아깐 비행기 안이라 전화기를 꺼놓은 것일 수도 있고요."

"저도 그렇게 생각해요. 그러니 너무 걱정하지 말아요."

"걱정은 무슨. 알아서 잘하겠죠. 그나저나 시요 씨에게도 어딜 가는지 말해주지 않았다니. 좀 심하지 않나."

끊길 듯 끊길 듯 이어지던 대화는 시요의 침묵으로 결국 끊어지고 말았다. 그녀는 무언가를 골똘히 생각하는 눈을 하고선 엄지손톱을 잘근잘근 깨물기 시작했다. 그러는 한편 한 공간에 있는 나를 의식하고 있는 걸 굳이 감추지도 않았다. 자기 생각에 집중하면서도 곁 눈길로 슬쩍슬쩍 쳐다보는 여자의 얼굴은 기묘한 매력을 풍기고 있었다.

'형님에겐 아까워. 그 중늙은이에겐 정말 아까워.'

그녀를 보기 전부터 해왔던 생각이다. 김 사장의 입을 통해서만 들을 수 있었지만, 그녀에 대한 기억은 내게도 있었다.

바다가 보고 싶었던 11살 여자아이가 육지의 끝으로만 가면 볼 수 있다는 생각에 나흘을 걷고 또 걷다 결국 경찰서로 간 이야기, 대학에 합격하고도 입학금이 없어 무작정 거리를 헤맨 이야기, 집을 나가버린 아버지를 수소문하며 1년여를 보낸 이야기 등은 언제나 무언가를 찾아 헤매는 한 여자의 이미지를 만들어냈다. 어떨 땐 꿈 꾸는 눈으로, 어떨 땐 공허한 눈으로, 어떨 땐 슬프거나 절실한 눈으로 길에서 길로 떠도는 여자를 떠올리며 나만의 상상 속에서 말을 걸기도 했다. '왜 하필 김 사장입니까?'

“왜 형님…”

위험하다, 하지만 속내를 말로 뱉어내지 않고서는 심하게 요동치는 심장을 잠재울 방법이 없다.

“네?”

시요는 궁금한 듯 묻고 있지만, 그녀의 눈은 이미 내가 말하고자 하는 걸 알고 있는 것 같다. 어쩌면 그녀도 나와 같은 생각인지 모른다.

“아, 그러니까… 형님은…. 아니, 내 생각엔….”

“힘든 말은 하지 않아도 괜찮아요.”

속삭이듯 말하는 그녀의 눈이 경직된 내 피부를 애무하는 것 같은 감각에 나도 모르게 흠칫 놀라 헛기침을 뱉어냈다. 그 순간 내게서 삐져나간 감정을 읽어낸 것이 분명한 시요는 짓궂게 놀리는 눈을 하고선 속삭였다.

“우릴 버리고 여행 가 버린 사람 이야기는 그 정도만 해요. 지금 여기엔 나와 당신밖에 없잖아요. 사실 난 당신을 한 번쯤 만나고 싶었어요.”

내가 차마 하지 못한 말을 아주 쉽게 뱉어내며 시요는 빙글거리며 웃었다.

‘그런데 그 아이, 사람을 지그시 쳐다보는 눈이 정말 예뻐.’

예쁘진 않지만 예쁜 분위기를 낸다는 말끝에 김 사장은 종종 이렇게 덧붙였다. 김 사장이 아이라고 표현한 여자의 눈에는 사람을 미혹시키는 겨울밤의 초승달이 걸려 있었다.

“저도….”

갑자기 입안에 침이 가득 고였다. 그녀가 눈치채지 못하도록 두 번에 걸쳐 조금씩 침을 넘기고 있는데 그녀의 목소리가 들렸다.

“외로운 사람끼리 뭉쳐볼까요? 김 사장이 오기 전까지만.”

“시요가 동생에게 관심을 가진 건 오로지 나 때문이었어.”

김 사장에게 생각을 읽힐 거라는 걸 알고 있었다. 사실 그 때문에 더 그녀를 생각했을 수도 있다. 그녀를 처음에 알았던 건 김 사장이었지만 그녀가 진짜 사랑했던 건 나라는 걸 그에게 말해주고 싶었을지도.

“형님 때문이 아닙니다. 그랬다면….”

그런 거라면 지난 6개월 동안 시요가 내 연인으로 있어 주지 않았을 것이다. 정말 그런 거라면 그녀가 먼저 같이 살자고 말하지도 않았을 것이다.

“마음대로 생각해. 어차피 다 지나간 일이야.”

“맞습니다. 다 지나간 일입니다. 하지만 분명히 하죠. 돌아오지 않은 건 형님이었습니다. 전화해도 받지 않으셨죠. 문자에 답장도 해주지 않았고요. 시요와 내가 무얼 하든, 아니, 무얼 했든 형님은 저를 원망하면 안 되죠.”

이 공간에서 김 사장을 만난 순간부터 내내 마음에 걸렸던 말을 뱉어낸다. 생각을 읽히거나 읽히게 하는 것보다 차라리 대놓고 말하는 것이 내 입장을 방어하는 데 훨씬 낫다는 판단 때문이다.

하지만 김 사장은 내 말이 끝나기도 전에 벌떡 일어서더니 아치 모양 사암책장으로 걸어가 버린다. 그리곤 바벨탑만큼이나 높은 사다리의 아래 칸에 걸터앉아선 검지만 까딱거려 자기 쪽으로 오라는 신호를 보낸다. 나는 그 자리에서 꼼짝도 하지 않는다. 손가락 하나만으로 지시하는 오만함이라니.

그때다. 누군가 내 곁을 쓱 지나친다. 미처리 시신의 주인이다. 아직 책도 먹지 못했는데. 자연스레 그런 생각을 하며 김 사장을 본다. 그의 시선은 미처리 시신 주인의 움직임을 쫓고 있다. 애당초 그는 나를 보고 있었던 것이 아니다. 그 손가락도 나를 향해 움직였던 것이 아니다. 그래서….

그래서 안심이 된다.

두 번째 미처리 시신의 주인

이번 미처리 시신의 주인은 예순이 가까워 보이는 남자다.
긴 속눈썹과 사슴 같은 눈망울이 인상 깊다. 게다가 거대한
공간에 대한 두려움 같은 걸 가지고 있지 않다. 오히려 사암
책장을 둘러보는 그의 표정엔 경이로움이 깃들어 있다.

"세상에. 정말 책이 많군요."

그는 책방을 찾은 손님처럼 중얼거린다.

"좀 많습니다."

김 사장도 이 공간의 주인인 것처럼 말하며 자기 옆에 앉
으라는 듯 옆자리를 탁탁 친다. 남자는 잠시 김 사장의 눈을
들여다보더니 다소곳이 그 옆에 앉는다. 나란히 앉게 된 김
사장과 남자는 아무 말도 하지 않는다. 조금 떨어진 곳에서

본 그들의 모습은 공원 벤치에 앉아 하늘을 올려다보는 것으로 시간을 보내는 오래된 친구 사이 같다.

둘은 여전히 침묵 상태다. 둘 중 누구 하나라도 먼저 입을 열 기미를 보이지 않는다. 그렇다고 어떠한 말도 오가지 않은 것은 아니다. 남자는 가만히 앉아 있을 뿐인데도 감성이 풍부한 눈으로 무언가를 끊임없이 말하고 있다. 그러한 분위기가 그의 깊이를 만든다. 또한, 그에게서 시선을 뗄 수 없게 하는 매력을 자아낸다. 하지만 그것만으로 그가 지금 궁금해하는 걸 풀 수 있는 것은 아니다. 그도 그걸 깨닫고는 천천히 입을 연다.

"여기가 저승입니까?"

"아마 그럴 겁니다."

남자는 고개를 떨어뜨린다. 짐작은 했었지만, 사실이라는 걸 확인하고 나니 괴로운 모양이다. 그는 잠시 그 상태로 있다가 고개를 든다.

"예전에 어디선가 들은 적이 있습니다. 저승은 자신이 만들어내는 형상을 하고 있다고요. 정말 그런 것 같군요."

"그건 아닙니다. 여긴 원래 이런 곳입니다. 당신이 만들어낸 형상 같은 게 아닙니다."

"아!"

또다시 침묵. 남자는 무언가를 골똘히 생각하고 김 사장은 그런 남자를 응시한다.

"할 일이 있습니다."

이번에도 남자가 먼저 침묵을 푼다.

"여길 찾아오는 대부분 사람은 그런 말을 합니다."

"아! 그렇겠죠…."

"그렇습니다."

남자는 깍지를 낀 손에 힘을 주고 의미 없이 고개를 끄덕인다. 〈치다꺼리 지침서〉에는 미처리 시신의 주인이 원하면 하루 정돈 세상으로 나갈 수 있다고 명기되어 있지만, 그것을 알지 못하는 남자로선 침묵할 수밖에 없을 것이다.

하지만 김 사장의 침묵은 이해할 수 없다. 미처리 시신의 주인에게 당연히 알려줘야 하는 일인데도 모른 척이다. 더군다나 남자를 대하는 그의 태도는 허 08을 대할 때와는 사뭇 달라 예의 바른 청년처럼 보이기까지 한다. 도무지 종잡을 수 없다. 지금의 김 사장은 예전에 내가 알고 있던 김 사장과 다르고, 처음 여기 왔을 때의 김 사장과도 다르다. 심지어 조금 전 맞은편에 앉아 내 생각을 읽던 김 사장과도 다르다.

"어떻게 해야 하는지…. 어떻게 해야 여기서 나갈 수 있는지 말씀해주십시오."

김 사장은 대답 대신 내 쪽을 쳐다보더니 명령조로 말한다.

"이리로 와."

덩달아 시선을 돌린 남자의 눈이 크게 벌어진다. 마치 기이한 것을 본 듯한 표정이다.

"염소로군요. 이런 곳에 염소가 있었군요."

그 말을 뱉어내는 남자의 입가에 살짝 미소가 번진다. 바짝 긴장해있던 그의 어깨도 어느 정도 풀린 상태다. 그 모습에 고개를 갸웃거리다 뒤돌아본다. 남자가 말한 염소는 보이지 않는다.

"이 염소는 책을 먹을 줄 알죠. 이리로 와. 어서."

김 사장은 이번에 두 번 박수까지 친다.

'뭐라는 거야? 도대체.'

나쁜 예감이 든다. 눈 아래로 흘낏 보이는 얼굴이 길쭉하니 뻗어있으며 턱 아래로는 흰 수염이 나 있다. 게다가 내 목소리가 들리지 않는다. 아무 의미 없는 이상한 소리가 날 뿐이다.

"빨리 오지 않으면 후회할 거다. 어서 와."

김 사장의 지시대로 그들 쪽으로 걸어간다. 아니, 네발로 기어가듯이 간다. 뒤이어 김 사장 앞에 앉아 세차게 머리를 흔들어본다.

'이건 아니지, 김 사장. 아니 형님, 이건 아니잖아.'

이렇게 말했지만 음메에, 음메에 하는 소리만이 내 귓가를 심하게 어지럽힌다.

"하루. 딱 그 정도의 시간은 줄 수 있습니다."

김 사장은 〈여행의 희망〉의 책장을 몇 장 찢어 내 쪽으로 내민다.

"먹어."

반항할까, 생각한 것은 아주 잠깐이다. 조금 전 김 사장이 입에 담은 '후회'라는 말이 걸린다. 어떤 후회? 지금보다 더 나빠질 수 있는 게 있을까? 이런 젠장. 말도 나오지 않는다.

"어서."

그의 손가락까지 깨물어버릴 정도로 깊게 물려다 그냥 두

툼하고 긴 혀만 내밀어 종이를 낚아채곤 목구멍으로 넘긴다. 뒤이어 김 사장이 또 몇 장을 찢어 내어 내게 내밀고, 그것을 넘기면 또 내미는 것이 반복된다.

D356-0067348-노 17. 지금 강아지를 쓰다듬듯 내 머리를 어루만지는 미처리 시신의 주인에게 부여된 번호다. 그 또한 내가 대필한 책의 열혈 독자다. 〈여행의 희망〉을 머리맡에 두고 수없이 읽었지만 허 08처럼 필자를 만나고 싶다는 생각 같은 걸 한 적은 없다. 사실 그가 필자를 만났더라도 그다지 실망할 일은 없었을 것이다. 〈여행의 희망〉은 중동의 여러 나라를 여행한 필자의 경험담을 녹취해 보기 좋은 문장으로 쓴 것이라 대필이기보다 윤문에 가깝다. 특히 레바논 여행담은 필자의 경험을 고스란히 옮겨 적었다.

필자는 시리아에서 레바논의 국경을 넘어 수도 베이루트로 가는 길가에 펼쳐진 풍경을 보고 놀라움을 금치 못했다. 길을 따라 즐비하게 들어선 건물들 대부분이 온전한 형태가 아니었기 때문이다. 1층은 구멍이 뻥 뚫려 있기 일쑤였고 2층이나 3층은 마구잡이로 찢어 낸 책처럼 들쑥날쑥한 모양새로 변형되어 있었다. 드러난 철근과 무너진 벽, 유리 파편, 나뒹

구는 온갖 잡동사니로 이어진 길에는 사람의 모습은 보이지 않았다. 필자는 저도 모르게 탄식을 내뱉었다. 그러자 바로 옆에 앉아 끊임없이 독한 담배를 피워대던 레바논 사람이 그에게 말했다.

"아무것도 남지 않았어. 모든 게 사라져버렸어."

창도 잘 열리지 않는 중형 버스에서 대수롭지 않게 담배를 피워대는 사람들에게 질려 있던 필자는 그제야 그들이 내뱉는 담배 연기를 그들에게 주어진 고통 일부처럼 받아들인다.

"베이루트는 중동의 파리라고 불릴 정도로 아름다운 도시죠. 정말 아름다운 도시죠."

필자는 중얼거렸다. 그의 눈에 보이는 것이라곤 폐허로 변해버린 건물과 간간이 지나다니는 장갑차뿐이었음에도.

중형 버스가 베이루트 시내로 들어선 건 그로부터 40여분 뒤였다. 시내 또한 조금 전의 상황과 다르지 않았다. 훨씬 많은 건물이 따닥따닥 붙어 있고 그 규모도 비할 바 없이 컸지만 두세 건물당 한 건물은 더는 사람이 살 수 없을 정도로 망가져 있었다. 삐죽이 드러난 철근과 갉아 먹힌 모서리, 중간중간에 큰 입을 벌린 것처럼 뚫려 있는 벽. 그것들은 무너질

듯 위태로웠지만 강인한 의지로 근근이 버티고 서있었다. 사람들도 많았다. 폭격을 맞은 건물 1층에서 장사하는 사람들이나 거리를 오가는 사람들, 카페에 앉아 느긋하게 오후를 즐기는 사람들은 6개월 전 그들에게 닥친 시련을 기억하지 않는 것처럼 보였다.

중형 버스에서 만난 레바논 남자의 말은 사실이 아니었다. 모든 것은 사라지지 않았다. 의지로 인한 것이 아니라 살기 위해 어쩔 수 없이 가져야 하는 희망이라도 희망이 남아 있었고, 자존심과 긍지가 강한 레바논 사람들의 눈빛도 남아 있었다. 그것이 그들을 일상으로 복귀시키는 힘이었을 것이다.

노 17은 바로 그 부분에다 밑줄을 그어 두었다.

희망은 의지로 가져야 하는 것이 아니라 어쩔 수 없이 가질 수밖에 없었다. 앞으로의 삶을 위해서라도.

노 17은 암 덩어리에 잠식된 몸이 시나브로 죽어가는 동안에도 자신의 삶이 또 다른 국면으로 나아갈 수 있다는 희망을 버릴 수 없었다. 그에게도 희망은 선택이 아니라 필수였기 때문이다. 하지만 결국 그는 이곳, 적요로 와버렸다.

김 사장이 직접 내 입에 넣어주고 있는 〈여행의 희망〉은 이제 1/5가량이 남아 있다. 그가 그 마지막까지도 내 입속에 넣어주기를 기다린다. 하지만 그는 군데군데 남아 있는 책장을 그대로 내버려둔 채 책을 덮어버린다.

"이 염소와 나갔다 오십시오."

노 17은 김 사장이 손가락으로 가리킨 쪽으로 시선을 돌린다. 그곳에는 오래된 철재 대문이 있다. 여기저기 페인트칠이 벗겨진 대문 바로 뒤에는 노 17의 비좁은 부엌이 있을 것이다. 나는 어슬렁어슬렁 간다. 노 17은 뒤를 따라오다 말고 잠시 멈춰 서서 드높은 책장들을 올려다본다. 어차피 다시 돌아와. 이렇게 말하고 싶었다. 음메에에. 음메에에.

붉은 물웅덩이

노 17의 방은 관속과 다를 바 없이 좁아 흙으로 덮어버리면 그대로 무덤이 될 것 같다. 누렇게 바란 벽지 모서리 부분의 벌려진 틈으로 시멘트벽이 보인다. 천정이나 바닥과 맞닿은 부분엔 곰팡이가 피어 있다. 벽 한 면은 꽤 고급스러운 좌식 책상이 차지했다. 방 분위기와 전혀 어울리지 않는 물건이다. 게다가 그 위에는 몇 권의 책이며 원고지가 놓여 있다. 원고지라. 방 안으로 선뜻 들어서지 못하는 노 17쪽으로 고개를 돌린다. 그는 음침한 음성을 잇새로 내밀고 있다. 책방에서 보여준 의젓한 태도와는 사뭇 다르다.

그의 얼굴엔 죽음으로도 다 덮어버리지 못한 생전의 병색이 완연하다. 제때 끼니를 챙겨 먹지 못하고 방 안에 틀어박혀 글만 쓴 결과다. 병원 치료를 받았다면 위를 잠식한 암 덩어리를 그토록 크게 키우지 않아도 되었을 것이다. 하지만 이미 지나간 일이다. 그 누구보다 그 자신이 잘 알고 있다.

이제 그는 어깨를 심하게 들썩이며 얼굴을 종잇장처럼 구겨댄다. 죽음에 대한 후회가 아니다. 죽음은 후회할 성질의 것이 아니므로 후회한다고 될 일도 아니지만. 그는 그저 슬픈 것이다. 아무것도 하지 못한 것이. 그 어떤 것도 할 수 없었던 것이.

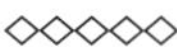

바로 두 달 전의 일이다. 노 17은 두 편으로 대치 중인 수많은 사람 가운데 한쪽 편에 서 있다. 성별도 나이도 각각 다른 사람들 속에서 그가 마주한 무리는 무장한 전투 경찰들이다. 그의 눈동자는 두려움에 흔들리고 있다. 바로 그 때문에 더욱더 대열의 앞쪽으로 나가고 싶어진다. 한 발을 내디딘다. 뒤이어 또 한 발. 그때 장이 그의 손목을 잡는다. 나서지 말라고 고개를 도리도리 흔들어대는 게 목각인형 같다. 어떤 동작을 하든 자연스럽지 못하고 각이 져 있는 그다운 행동이다. 노 17은 고개를 끄덕인다. 그제야 안심이 된 듯 장이 손목을 잡은 손을 푸는 것과 동시에 동네 사람 중 그나마 건장한 남자가 소리를 치기 시작한다.

"강제 철거는 살인이다.
물러가라! 물러가라!"

노 17도 구호에 맞춰 가는 팔을 들었다 놓았다 하며 꽤 그럴듯하게 시늉을 하지만 어설프기 짝이 없다. 흘낏 장을 보니 그 또한 노 17과는 다른 의미에서 어설프다. 공사장에서 다져진 굵은 팔이 힘차게 허공을 찌르고는 있는데 다른 사람들보다 한 박자씩 늦다. 괜히 웃음이 난다.
"씨발. 가란다고 갈 것 같으면 벌써 갔지."
장은 노 17의 웃음을 제 마음대로 곡해하고 슬쩍 흘리듯이 말한다.
"그러게."
그들이 서로의 귓가에 대고 말을 주고받는데 갑자기 구호

소리가 뚝 끊어진다. 뒤이어 태풍 전야의 징조 같은 서늘한 침묵이 양쪽 진영으로 확 퍼지는가 싶더니 어디선가 시작된 웅성거림이 거대한 먹구름이 되어 세상을 뒤덮는다. 귓구멍이 먹먹하다. 단어들이 뭉개져 들린다. 어떤 것 하나도 의미를 알아낼 수 없다. 노 17은 두 눈을 끔벅거리며 바로 옆에서 장이 '왜 그래?'라고 말을 하는 걸 입 모양으로 읽어낸다.

그때다. 돌풍을 동반한 것 같은 폭우가 쏟아진다. 세차고 강하다. 머리부터 발끝까지 젖는 건 한순간이다. 이럴 때 비라니, 얼마나 적절한가. 노 17은 하늘을 올려다본다. 가을 하늘은 시퍼렇기만 하다. 저토록 구름 한 점 없기도 힘들다고 잠시 생각한다. 그 와중에 쏟아지는 빗줄기로 온몸이 흠뻑 젖어 버렸다.

그 빗줄기가 살수차 호수에서 뿜어져 나온 것임을 깨달은 건 그를 향해 직통으로 뿜어댄 물줄기의 수압에 밀려 휘청거리면서부터다. 장이 바로 옆에서 그의 등을 잡았지만 역부족이다. 결국, 둘은 물줄기에 밀려 뒤로 나동그라진다.

시간은 감각을 잃었지만 정지되진 않았다. 주변의 풍경은 시간의 흐름에 따라 움직이고 있다. 노 17만이 텔레비전 화면 앞에 바짝 붙어 만화영화를 보는 아이처럼 눈도 깜박이지 않고 있을 뿐이다. 그는 정지되었지만, 그가 보는 생명체들은 움직인다.

이제 화면 속에선 거센 파도가 와 하고 달려드는 것 같은 소리가 난다. 그것을 신호로 움직임들은 3배속으로 빨라진다. 아랫길의 전경들은 이쪽 편을 향해 뛰어오기 시작했고 허술하게 엉켜 있던 사람들은 망가진 개미집에서 튀어나온 개미들처럼 뿔뿔이 흩어지기 시작했다. 가파른 길로 올라가는 사람들, 얼기설기 엉켜 있는 판잣집으로 몸을 숨기는 사람들, 미처 문 안으로 들어서지 못하고 좁은 골목으로 들어서는 사람들이 화면을 가득 채운다. 고함과 신음이 곳곳에서 들리는가 싶으면 뒤이어 무언가가 무너지는 소리가 쿵 들리고, 어디에선가 개가 왕왕 짖어대는 것과 동시에 어린아이들의 울음소리가 거칠게 쏟아진다.

리모컨, 리모컨.

귀는 시끄럽고, 눈은 따갑고, 가슴의 통증은 극심하다. 어떻게든 리모컨을 찾아 텔레비전을 꺼 버리고 싶다. 노 17은 물웅덩이가 생겨버린 바닥을 더듬는다. 그러는 동안에도 자신이 지금 무슨 일을 하는지 알지 못한다. 그러다 문득 붉은 빛이 감도는 물웅덩이에 빠진 제 손을 본다. 통증은 없다. 손을 다친 것은 아니다. 하지만 핏물은 스며있다. 그는 붉은 물이 흐르기 시작한 지점으로 눈을 돌린다.

그곳에는 모서리가 날카로운 돌덩이를 베개 삼아 누워 있는 장이 있다. 그의 머리를 적시던 붉은 피 일부는 바닥으로 흘러내려 작은 물웅덩이로 모여드는 중이다. 바다로 가고자 하는 강물처럼 사람의 몸 안을 떠돌던 피도 밖으로 빠져나가고 싶어 안달이다.

그러지 마라. 노 17은 그렇게 부탁하고 싶다. 하지만 그는 아무 말도 하지 못하고 -좀 더 정확하게는 달라붙어 버린 입으로 어떤 말도 내뱉지 못하고- 두 눈만 끔벅거린다.

지금도 그는 두 눈만 끔벅거린다. 그러니까, 노 17, 나의 두 번째 미처리 시신의 주인인 D356-0067348-노 17은 원래 그의 방이었던 방으로 들어서지도 못한 채 그러고 있다.

그의 의식은 그때 그 장소에 잡혀 있다. 그가 세상으로 나오고자 한 이유다. 장, 아직도 살아 있는 장을 구하고 싶어서다.

허 08과 달리 그는 무언가를 숨기려 애쓰지 않는다. 무엇인가 기억이 나면 그 기억을 또렷하게 보여준다. 자신의 기억이 읽히는 것을 모르기 때문이지만 딱히 감출 이유도 없어서다. 그런데도 무언가 명료하지 않다. 김 사장이 주지 않았던 몇 장의 책장이 걸린다.

그는 왜 책을 통째로 먹게 내버려두지 않았을까. 굳이 낱장으로 찢어 내 입에 넣어준 이유는 무엇일까. 먹지 않은 부분에는 무슨 정보가 있었을까. 그걸 노 17의 의식을 통해 알아낼 수 있을까. 노 17의 머릿속에는 오로지 장만 있다.

하지만 장은 내 궁금증을 풀 열쇠는 아니다. 그것을 안다. 알 수 있다. 하지만 노 17은 그에게 주어진 하루를 장을 위해 쓰려 하고 있다. 그 시간 동안 내가 알고 싶은 무언가를 그는 떠올려줄까? 답답하다. 답답해. 으음메, 으음메. 내 울음소리에 노 17은 문득 정신을 차리고 이쪽을 쳐다본다.

"그래, 네가 있었구나."

그래서 좋다는 건지, 싫다는 건지 알 수 없는 말을 중얼거리더니 또 머리를 쓰다듬고는 예고도 없이 벽을 통과한다. 그를 따라나선 곳에는 좁은 골목길이 있다. 골목 안의 집들은 따닥따닥 붙어 벽과 벽 사이엔 틈이라곤 없다. 하나로 이어 붙인 것 같은 벽에는 '차라리 죽여라', '당장 꺼져, 죽인다, 미친 새끼들' 같은 글이 붉은 스프레이로 쓰여 있고, 글자 사이 빈 곳에는 남녀의 성기나 해골 같은 낙서가 그려져 있다. 대문이라고 성한 것은 아니다. 문마다 엑스자 모양의 널빤지들이 박혀 있는데, 그것만으로는 밋밋했는지 그 위에다 붉은 스프레이를 뿌려 강렬한 엑스를 그려 두었다.

그 길을 따라 걷는 노 17의 등은 무기력해 보인다. 그건 다만 그가 중력의 힘을 받지 못하는 존재이기 때문은 아니다. 지금 자신이 하려는 일, 해야만 된다고 생각하는 그 일을 결코 해내지 못할 거라고 지레 실의에 빠져 있어서다. 그렇다고 그냥 있을 수 없다. 그래서 움직이는 것이다. 말라비틀어진 참깨를 억지로 짜내듯 거의 다 사라져 버린 희망을 짜내면서까지.

골목을 빠져 나와서도 노 17의 걸음걸이는 여전히 느릿하다. 좀 더 정확하게는 흐느적거린다. 가파른 길의 위쪽 집들은 겉으로 보기엔 멀쩡하다. 하지만 저 아랫길은 무너진 건물의 잔해들로 쌓여 있다. 아래에서부터 위로 올라오고 있는 파괴의 신들은 견고하고 딱딱하다. 강한 팔과 날카로운 손이 한 번씩 휘저을 때마다 무언가는 무너진다. 서서히 또는 빠르게, 속도의 조절만 있을 뿐 무자비하기는 매한가지다.

파괴의 신들을 조정하는 인간들, 아직 따뜻한 피가 흐르고 있으며 중력의 힘을 받을 수 있는 신체를 가진 인간들은 노 17을 보지 못한다. 노 17은 다만, 존재하지 않는 자, 이 세상에서는. 그러니 그들에겐 어떠한 위협도 되지 못할 터.

노 17의 애완염소처럼 졸졸 따르고 있다 해서 내가 정말 그의 애완염소인 것은 아니다. 그러니까 나의 두 번째 미처리 시신의 주인은 말 그대로 미처리 시신의 주인일 뿐이다. 그런데도 그가 무언가를 기억해낼 때마다 내가 알고 있는 어떤 것을 보여줄 것만 같다. 그것이 무엇인지는 모르겠다. 하지만 나와는 무관하지 않을 것 같은 예감이 든다.

　　김 사장은 노 17의 책 일부분을 내게 주지 않았다. 그건 노 17에 대해 내가 알아서는 안 되는 어떤 것이 있어서다. 노 17은 생전, 아니, 죽어서도 처음 본 사람이다. 그와 내가 어떤 한 연관성을 가지고 있는 것일까. 무엇인지는 모르겠지만, 무엇인가를 찾아내야 한다. 그 때문이다. 책을 먹을 때보다 더 게걸스레 버스정류장 근처의 포장마차로 향하고 있는 그의 기억을 탐닉하고 있는 것은.

포장마차에서

노 17은 호주머니에 돈이 있는 날이면 어김없이 그 포장마차를 찾았다. 소주 한 병과 우동 한 그릇만 시켜 두 시간이고 세 시간이고 죽치고 앉아 있어도 곱슬머리 주인장은 싫은 소리를 하지 않았다. 가끔 잔소리 비슷한 말을 할 때도 있지만, 그것은 가출해 돌아오지 않은 자신의 남편을 노 17과 겹쳐보고는 불현듯 치밀어 오른 화를 참지 못해서였다. 그럴 때마다 노 17은 그녀의 화풀이 대상이 되어주는 미덕을 발휘했다. 서로에게 적절한 쓰임새로 활용되는 것은 그 둘만의 암묵적인 약속 같은 거였다. 하지만 그런 잔소리 끝에 '성한 몸 두었다가 뭐 하냐, 일이라도 좀 알아보라'는 말이 나오면 노 17은 슬그머니 일어나 가버렸다.

곱슬머리가 아니라 곱슬머리 할아버지가 그런 말을 해도 노 17은 일을 할 생각 같은 건 없었다. 적게 일하고 적게 먹고 적게 싸는 거, 그것이야말로 그가 가장 바람직하게 생각하는 생존 방식이다. 가족이 있을 땐 하기 힘든 일이었지만 제 한 몸만 건사해도 되는 상황에서는 그렇게 해도 그럭저럭 죽지 않고 살아갈 수 있다. 이를테면, 라디오에 투고한 글로 받은 상품을 돈으로 바꾼다거나, 여성잡지나 철도잡지 같은 기타 여러 잡지에 매번 바뀐 이름으로 낸 원고의 원고료를 받는 일 같은 것을 해나가면서 말이다.

그렇게 번 돈의 대부분은 먹는 데 쓰였다. 입는 것이나 덮을 것은 아파트 헌옷수거함을 뒤져 찾아내면 되었고, 필요한 여타의 가재도구들 역시 재활용 쓰레기 더미를 뒤지면 쓸 만한 것들을 구할 수 있었다. 스킨로션을 바르지 않은 피부는 건조하고 푸석푸석했지만, 누군가 그의 외모를 눈여겨볼 만한 일도 없었고, 여기저기 구멍 난 내의 같은 것을 입고 다녀도 남사스러울 일도 없었다.

다만, 늘 집이 문제였다. 이전까지만 해도 그는 그다지 길지도 뚱뚱하지도 않은 몸을 눕히고자 주로 쪽방촌을 전전했다. 하지만 그것도 매달 얼마간 돈이 있어야 가능했다. 결국엔 재개발이 진행되기 시작한 동네의 빈집 중 적당한 것을 하나 골라 몇 달씩 살곤 했는데 이번에 들어온 동네는 재개발이 시작되기 전의 단계였기 때문에 주인에게 조금이나마 월세를 내는 조건으로 집을 얻어야 했다. 집주인의 말마따나 파격적인 조건이었다. 쪽방보다도 싼 집이라니.

하지만 그나마도 지급할 능력이 없었기에 세 끼 식사를 두 끼로 줄였다. 가끔 교회나 절 같은 곳을 돌며 점심이나 저녁을 먹기도 했고, 더 가끔은 장례식장에 찾아들어 하루 세 끼를 꼬박 챙겨 먹기도 했다. 결혼식은 식권이라는 게 있어야 했기 때문에 발을 들이지도 못했다.

이렇게 저렇게 어떻게 먹기는 먹었지만 제대로 먹었다고 하기에는 뭔가 문제가 많은 끼니 때우기를 반복한 결과 점점 기력이 달렸고 급기야는 반년 전부터 피를 토하기까지 했다. 그는 그제야 돈이 없어 진정으로 불편한 점이 무엇인지를 찾아냈다. 병원. 치료. 약.

'하루 한 끼만 먹으면 병원비를 마련할 수 있을까.'

아주 잠깐 그런 생각을 해본 적도 있었다. 하지만 그는 곧

그 생각을 접었다. 파리똥만 한 음식값을 모아 봤자 병원 문
턱 안으로 어정쩡하게 고개를 들이미는 꼴밖에 되지 않을 것
이다. 차라리 그 돈으로 한 끼라도 더 챙겨 먹는 게 나았다.
그 이후 그는 어떻게든 먹을 궁리만 했다. 백화점과 대형 마
트의 시식 코너 돌기, 무료 급식소 찾아다니기 등등.

장을 만난 건 바로 그러한 때다. 그러니까 그의 머릿속에
서 주마등처럼 스쳐 지나가는 지금의 기억은 장을 만난 그
날의 일이다.

여느 때와 다름없이 우동 국물로 안주 삼아 소주를 마시
고 있는데 군용점퍼를 걸친 남자가 들어서서는 의자에 앉기
도 전에 장어구이와 조개탕을 한꺼번에 시킨다. 귀가 솔깃해
질 정도로 화려하고 풍성한 메뉴다. 그냥 앉아 있을 수 없어
슬쩍 고개를 돌린 그의 시선에 가장 먼저 잡힌 것은 검은색
으로 탈바꿈되고 있는 흰 운동화다. 뒤이어 밑단이 터져 너덜
너덜한 청바지가 보인다. 좀 더 눈을 들어 남자의 군용잠바
를 쓱 훑은 뒤 그의 테이블을 본다. 아직 안주가 나오지 않은
테이블에는 오이와 당근을 담은 접시가 놓여 있다.

소주병을 든 남자의 두꺼운 손등에 난 크고 작은 상처를

보고는 그것이 의미하는 바가 무엇인지 잠시 생각하기도 한다. 공사장 같은 곳에서 일하다 생긴 것인지 허구한 날 누구랑 싸우느라 생긴 것인지, 어느 쪽이냐에 따라 그의 생활 한 편을 엿볼 수 있을 것 같기도 하다.

엿보다?

그는 잠시 고개를 갸웃거린다. 그건 알아서 뭐하나? 그러고 있는데 지글지글 구워지는 장어 냄새를 맡고는 입속 가득 모이는 침을 몇 번에 나누어 삼킨다. 조금만 더 있으면 저 테이블 위로 장어구이가 올라가겠구나, 이런 생각을 하다 문득 강렬한 시선을 감지하곤 슬그머니 고개를 든다. 부딪힌다. 남자의 시선은 속도를 내고 달리는 오토바이처럼 거침없이 노 17의 시선을 향해 달려들고 있다. 부딪힌다. 오토바이에 부딪힌 몸이 허공으로 떠오르는 것처럼 소스라치게 놀란 노 17은 제 테이블 쪽으로 시선을 돌린다. 그러곤 아무 일도 없다는 듯 소주잔을 쥐려 하지만 자신의 뒤통수에 꽂힌 남자의 눈길을 의식한 나머지 손을 움직일 수가 없다.

그냥 그렇게 테이블 위의 소주잔만 바라보는 동안 포장마차 주인장이 장어구이 접시를 들고 남자 쪽으로 가져간 뒤에 다시 되돌아서는 기척을 온몸의 감각으로 잡아낸다. 잠시 침묵. 침묵을 깨뜨리는 것은 사람의 말소리가 아니라 주홍색 천막을 토닥토닥 두드리기 시작하는 빗방울이다. 집을 나설 때부터 거뭇거뭇한 빛이 온 하늘에 잔뜩 깔렸는가 싶더니 결국은 억수 같은 비가 쏟아진다.

“한 점 드시려오?”

빗소리를 뚫고 나온 음성은 매운탕 국물처럼 칼칼하다. 험악해 보이는 인상에 비해 목소리는 얇다. 노 17은 반사적으로 장의 앞에 놓인 접시부터 본다. 양념장이 잘 배어 윤기가 자르르 흐르는 장어구이 한 점을 입에 넣고 부드러운 질감을 온몸으로 느끼며 씹어 먹을 수만 있다면 바랄 게 뭐가 있을까. 입안 가득 또 침이 고인다. 뜨거울 때 먹어야 맛있는데. 저렇게 두면 식을 텐데. 그냥 한번 보고 말 생각이었지만 도무지 시선을 뗄 수가 없다.

꽤 오랫동안 그러고 있었다는 걸 깨달은 건 빗소리 가운데에서도 느껴지는 장과 주인장의 시끄러운 침묵 때문이다. 문득 고개를 든 노 17은 소리를 내진 않지만, 그의 주변을 둘러싼 분주한 움직임을 마치 잠에서 막 깨어난 사람처럼 몽롱하게 바라본다. 장은 노 17에게 맞추고 있던 시선을 테이블 쪽으로 옮기는 중이고, 주인장은 허둥지둥 앞치마 호주머니에 두 손을 집어넣는 중이다.

"괘, 괜찮습니다."

머쓱하다. 장도 장이지만 주인장의 시선이 더 민망하다. 다시 꿀꺽 침을 삼키며 슬며시 몸을 틀어 천막 밖으로 눈길을 돌린다.

"그러지 말고 같이 드시구려. 양이 많아서 그래."

두 번째 권유까진 도무지 이겨낼 재간이 없다. 게다가 그 테이블에는 조개탕까지 올 예정이라는 것도 안다.

"그, 그럼…."

노 17은 제 소주병과 소주잔을 들고 엉거주춤 일어난다. 두어 발짝만 움직이면 되는 곳에는 장어구이가 있다. 망설일 이유가 없다. 노 17이 맞은편에 앉는 것을 지켜보던 남자는 자신을 장이라고만 소개하곤 소주잔을 든다. 그의 소주잔엔 투명한 술이 1/5 정도 남아 있다. 술을 따르라는 것인지 잔을 부딪치자는 것인지 알 수 없어 잠시 머뭇거리는 그 순간에도 자신을 예의 주시하고 있는 장을 의식하곤 눈동자가 흔들린다.

장의 시선은 어딘지 모르게 사람을 주눅 들게 하는 구석이 있다. 선으로 따져 말하자면 직선이다. 그것도 몹시 곧아 절대로 굽어질 것 같지 않은 직선이 거리낌 없이 상대방의 눈을 향해 세차게 뻗은 모양새다. 그런데도 그 눈이 무엇을 말하려는지, 무슨 생각을 하는지 알 수 없다. 눈동자가 투명하지 않아서다. 어둡고 탁하다. 그걸 그대로 받아내는 게 노 17로서는 꽤 버겁다. 결국, 조그만 목소리로 중얼거린다.

"눈매가 참….”

“…….”

"매섭네.”

노 17은 그렇게 말해놓고는 제가 깜짝 놀라 장어구이 쪽으로 시선을 돌린다. 그 와중에도 장어구이는 유혹적이다. 어떻게, 젓가락질해, 말아? 슬그머니 젓가락을 들면서도 그렇게 망설이고 있는데 장의 웃음소리가 들린다. 호탕하지만 어딘지 씁쓸한 기운이 감돈다. 노 17은 그 웃음을 빌미로 냉큼 장어구이 한 점을 입에 넣고 우물거린다.

"눈만 그래, 눈만. 이 눈 때문에 오해도 많이 받아. 뒷골목에서 주먹질이나 하며 사는 줄 알지. 심지어 우리 아버지도

‘나는 네가 무섭다’라고 했다니까. 그 말을 열여덟 살에 들었어. 하기야, 그때 꽤 사고치고 다니긴 했지. 쥐뿔도 없었는데 눈빛이 살아 있다는 말을 여기저기서 하도 많이 들어서 나도 나중엔 뭔가 대단한 일을 할 줄 알았지. 좆도! 그래 봐야 이 꼬락서니지만.”

장은 아무렇지도 않게 자신의 이야기를 하면서 장어를 두어 점 집어서는 노 17의 입 쪽으로 내민다. 낯선 사람이, 그것도 연배가 비슷한 남자가 주는 걸 받아먹어 본 적이 없었던 노 17은 난감한 기색을 역력히 보이면서도 냉큼 받아먹는다.

“옳지! 그래야지. 형씨가 하도 소심해서 내가 다 불편했다니까.”

여전히 반말지거리하며 그는 또 장어구이 몇 점을 집는다.

“아, 이젠 내가 알아서⋯.”

노 17이 그 말을 하기가 무섭게 장은 자신의 입 쪽으로 장어를 가져가면서 피식 웃는다.

“우리 동네 살지? 몇 번 본 적 있어.”

“우리 동네라면⋯.”

“재개발인지 뭔지, 시끄럽게 떠들고 있는 동네.”

"아!"

"동년배인 것 같은데, 몇 살인가?"

"쉰여섯."

"나이보다 어려 보이네."

"그쪽은?"

"쉰."

"동년배가 아닌데."

"같이 늙어 가는 처지에 그런 건 따져서 뭐해?"

"따지는 게 아니라…."

"됐고! 가족은?"

"그건…."

"혼자 사나 보네. 그럴 줄 알았어. 꼬락서니가 딱 그래 보였거든. 나도 그래. 이참에 술친구나 하지. 아니, 장어 친구가 더 어울리려나. 한잔해. 한잔하자고! 친구!"

노 17은 얼떨결에 잔을 부딪치곤 소주 한 잔을 그대로 입에 털어 넣는다. 뒤이어 그들이 온갖 이야기를 하는 동안에도 억수같이 쏟아지는 비 탓인지 새로 들어오는 손님은 없다. 노 17은 그날 그와 나눈 대화의 많은 부분을 기억해내지 못한다. 그저 비가 많이 내리는 가운데 장어구이와 조개탕을 맛나게 먹었고 그러한 기회를 제공한 장이 첫인상과 다르다는 생각을 하며 앞으로도 이이와 잘 지내야겠다고 다짐한 것만 기억할 뿐이다.

실제로 그의 기억 속에 저장된 장의 얼굴은 부드럽고 선하다. 날카로우면서도 탁한 눈동자마저 정이 많은 사람이 가질 법한 눈으로 바뀌어 있다. 그러다 갑자기 화면이 끊긴다. 뒤이어 그의 기억 속에 등장한 사람도 역시 장이다. 하지만 그건 그 날 포장마차에 있던 사람이 아니라 초췌한 모습으로 제 집에 누워 있는 장이다.

"장이…."

노 17은 중얼거린다.

"아직 집에 있으려고…."

장의 집은 노 17의 집보다는 좀 더 번듯하다. 방과 부엌을 사이에 두고 거실 모양새를 지닌 작은 공간이 있다. 그곳을 지나자 미동도 없이 누워 있는 장이 보인다. 그는 아직 살아 있는 존재다. 미세하게나마 붙어 있는 숨결, 눈꺼풀 속에서 움직이는 눈동자, 따뜻한 체온이 그가 아직 죽지 않았음을 증명한다.

"잠들지 말아야 했어. 그러지 말아야 했어."

노 17은 장의 옆에 털썩 주저앉으며 탄식한다. 곧 동네가 헐린다는 소문이 돌자 노 17은 위쪽 길의 자기 집으로 짐을 챙기러 갔었다. 한 달 가까이 비워 둔 집 안엔 피부를 뚫고도 남을 만큼 강렬한 냉기만이 감돌았다. 그래도 자기 집인지라 그동안의 긴장감이 풀렸다. 뒤이어 각다귀처럼 달라붙는 졸음이 온몸의 힘을 다 빼버렸다. 잠시 쉴 요량으로 누웠다. 바닥의 냉기가 등을 파고들었고, 코끝이 시큰했는데도 그대로 잠들어버렸다.

정말 잠깐만 쉬었다 갈 생각이었다. 그 길로 다시는 눈을 뜨지 못할 거라고는 생각도 못 했다. 아니, 생각하고 있었다. 암 덩어리에 잠식된 몸이 조만간 생명 유지 장치를 작동시키지 못할 것을 알고 있었다. 그래도 그 날 그곳에서 그렇게 죽을 거라는 건 몰랐다. 만약, 알았더라면⋯. 그는 그 뒤의 생각을 잇지 못한다. 알았다면…. 계속 그 부분에서 되돌이표처럼 그 말만 되뇐다.

장아. 잠깐 다녀올게. 조금만 기다려. 곧 올 테니까.

노 17은 밖으로 나가기 위해 벽을 통과하려 한다. 문 대신 벽을 선택한 건 마음이 급해서다. 그런데 막상 벽을 마주한 순간 주춤거리는 바람에 그의 머리만 벽 밖으로 쑥 빠져나가 버렸다. 아래쪽 몸뚱이는 장식장처럼 벽에 둘러붙은 상태다. 저도 그럴 줄 몰랐을 것이다. 벽 밖의 머리를 재빨리 방 안으로 들이곤 새삼스레 자신의 몸을 이리저리 매만진다.

어쩔 것인가.

묻고 싶다. 허 08은 나름대로 허둥지둥 무언가를 찾아다니기라도 했지만, 당신은 지금 무엇을 하려는가. 이 세상의 시간은 정지하는 법을 모른다. 그러고 있는 동안에도 시간은 흐르고 있다.

"장아."

한참의 침묵 끝에 노 17은 입을 연다.

"오늘도 나는 감자탕이 먹고 싶어."

◇◇◇◇◇

"오늘은 뭐가 먹고 싶은가?"

장은 묻는다. 노 17의 몸속에 들어차 있는 것은 암 덩어리가 아니라 걸신이라는 농담 끝에 꼭 따르는 질문이다. 저도 벌면 얼마나 번다고, 노 17은 그렇게 생각하면서도 입맛을 다신다.

"감자탕."

"전철역 부근에 맛있게 하는 집을 하나 알고 있지. 시꺼먼 놈 세 명이 동업하는 곳인데 내가 가면 곱빼기로 줘."

"무슨 자장면도 아니고."

"진짜야. 못 믿어? 못 믿어? 당신 눈으로 확인해봐. 내 말이 틀리나?"

그렇게 쫄래쫄래 따라간 감자탕 집은 세 명이 투자한 것치곤 몹시 작고 허름하다. 도대체 얼마씩 투자했다는 건지, 이런 곳에서 벌면 얼마나 번다고 삼등분하나. 자기 주머니 사정은 생각도 않고 남 주머니 사정을 걱정하며 허름한 가게를 꼼꼼하게 둘러본다. 어딜 가든 그곳을 자기 기억 속에 정확하게 묘사하는 버릇 때문이다. 그래야 그것이 글이 되어 라디오의 상품권이든 잡지의 원고료든 무어라도 입으로 들어갈 먹을거리를 만들어 준다.

장에겐 말한 적이 없지만, 그의 이야기로도 여러 번 원고료를 받아내기도 했다. 어떤 땐 십년지기로, 어떤 땐 형으로, 어떤 땐 이웃으로 변신시키고 그가 해주었던 이야기들을 조금(어떤 것은 꽤 많이) 변형시켜 글로 쓰면 그게 또 나름 괜찮은 이야기가 되기도 했다.

"여기 보이지? 이거야, 이거."

장은 어릴 때 아버지가 던진 물건에 맞았던 일화를 한참 들려주다 말고 테이블 중앙으로 상체를 내밀고는 앞가르마를 헤집어 깊게 팬 흉터를 보여준다. 얼핏 보면 지렁이 같지만, 자세히 보니 앞부분이 조금 동그란 것이 올챙이 같기도 하다.

"뭐로 맞으면 이런 모양새가 나오나?"

"잘 보면 넓게 퍼진 부분과 긴 부분이 살짝 떨어져 있을걸. 넓게 퍼진 부분은 화병이고, 긴 부분은 전화기야. 지금은 좀 줄어들었는데 그땐 진짜 이만했다고. 무지막지하게 피가 쏟아졌다니까. 나는 또 내 머리빡이 수도꼭진 줄 알았네. 그런데도 그 노인네 눈도 깜짝 안 해. 십팔 년을 그렇게 말이지, 죽도록 팬 것은 전데 나보고 무섭다고 지랄을 해. 그 미친놈이. 십팔 년이나 말이지."

장은 숫자 십팔이 아니라 욕설 십팔로 들릴 정도로 강하게 발음하고는 소주 한 잔을 그대로 입속에 털어 넣는다.

"돌아가신 지 이십 년이나 됐다면서. 아직도 원망하고 싶어? 자네도 어지간하네."

"뒈진 건 뒈진 거지. 그게 맞고 산 세월을 없애주나? 당신은 그래?"

"나야 모르지. 아버지한테 맞은 적이 없어서. 점잖은 분이셨거든."

"잘났다."

장은 커다란 돼지 등뼈를 하나 집어 들고서는 노 17의 입을 막는 시늉을 한다. 노 17이 살짝 고개를 비틀자 그는 그것을 그대로 자신의 앞접시에 툭 던지더니 기습적으로 말한다.

"가라."

"더 먹고."

"가족에게 돌아가."

"생뚱맞기는."

"몇 번 말한 적 있지? 그 아비에 그 아들이라고. 나도 처자식에게 힘자랑이나 할 것 같아 결혼 따위 하지 않았다고. 지금 생각해도 그것만큼 잘한 것도 없어. 하지만 당신은 다르지. 꼴값도 못 하고 선비 노릇이나 하는 걸 보면. 그따위 책이 뭐라고. 돈이 생겨, 밥이 생겨."

"장아. 나는 말이다. 굶어 죽을 것 같지 않으면 그럭저럭 만족하며 살 것도 같은데."

"그럭저럭 좋아하네. 누군 그럭저럭 살 줄 몰라 뒈지고 자빠지고 하냐? 세상에서 가장 어려운 게 '그럭저럭'이다. 좀 알고 말해라, 모자란 놈아. 길 가는 사람한테 물어봐라. 아니, 그럴 것도 없이, 여기, 여기 있는 사람들한테 물어봐. 있는 가족도 버리고 그럭저럭? 그것도 안 되어서 거지꼴로 사는 걸 누가 잘했다고 하나. 미친놈. 그래서 벌 받은 거야."

"그래그래. 내가 벌 받는다."

"죽을 때만큼은 사람 꼴을 해야지. 그러려면 가족에게 가야 한다니까."

"그러니까 더 안 되지. 고장 난 몸으로 기어들어가?"

"그럼 나한테 엉겨 붙으려고? 나는 무슨 죄가 있어 송장을 치우냐. 그럴 돈도 없다."

"……."

"또, 또 청승맞은 표정."

"…. 큰딸 이름이 인숙이야."

"알아."

"다른 건 몰라도 그 아이는 한번 보고 싶다."

양 갈래로 땋은 머리를 가슴께에 가지런히 늘어뜨린 여자아이가 이편을 노려보는 장면이 얼핏 스치고 지나간다. 열한 살, 혹은 열두 살. 무엇엔가 화가 난 듯 볼 가득 바람을 채우고 입술을 삐죽 내밀고 있다.

낯이 익다. 누구지? 누구더라? 아, 사라진다. 잠깐, 잠깐만. 조금만 더 보면 알 것도 같은데.

"마누라는?"

"그야…."

"보고 싶은 거 맞네. 딱 그 표정이구먼. 그러니까 더 늦기 전에 돌아가. 응? 응?"

　노 17은 무슨 말인가를 할 듯 말듯 입술을 옴짝거리다 돼지 등뼈 하나를 집고는 묵묵히 살점을 뜯기 시작한다.

　"빈말 아니야. 다른 건 몰라도 장례 같은 건 안 치른다. 내가 당신이랑 십 년을 만났어, 이십 년을 만났어? 무슨 대단한 지기라고."

　"……."

　"그래 먹어라, 먹어. 배 터지도록 처먹자. 박 사장아! 여기 찜도 하나 주라!"

　장은 호기롭게 소리치고는 앞접시에 놓인 고기를 먹는 데만 열중한다. 그러는 동안 몇몇 손님들이 들어선 가게 안은 빈자리 하나 없이 꽉 차버린다. 가뜩이나 좁은 가게 안은 사람들의 말소리로 조금 전보다 더 시끄러워진다. 하지만 아무리 시끄러운들 노 17의 머릿속만큼은 아니다. 어서, 빨리, 다른 사람들이 오기 전에.

주인을 잃어버린 황금

노 17이 생각하기에 노량진의 언덕배기에 있는 슬레이트 집은 이제껏 살았던 어떤 집보다 멋졌다. 일단 지하나 옥탑이 아니다. 방이 두 칸인 데다 그사이엔 거실로 활용할 수 있는 부엌이 있다.

"내 말이 맞지? 좋은 집을 구하려면 발품을 팔아야 돼."

이사 첫날, 노 17은 마치 세상을 얻은 것처럼 기쁨에 겨워 아내에게 말했다. 그러자 피부 하나는 기가 막히게 좋게 태어 났지만 남의 집 가정부만 20년가량 하면서 자글자글한 주름 과 기미 주근깨로 나이보다 늙어 보이게 된 아내가 한 치의 틈도 없이 바로 대꾸했다.

"발품은 돈 버는 데 팔아. 책 읽는답시고 빈둥거리지 말고."

‘부부 중 한 명만 벌면 됐지. 살림은 내가 하잖아.’

노 17의 입속에선 이 말이 맴돌았지만 차마 뱉어내지는 못하고 애꿎은 집주인을 화제에 올렸다.

“인숙 엄마, 이제 집주인하고 싸울 일이 없어 좋겠네.”

“것도 두고 봐야 아는 일이고.”

이번에도 역시 그의 아내는 날렵하게 받아쳤다. 그때만 해도 그녀는 생각나는 대로 말했을 뿐 굳이 노 17을 공격하려 했던 것은 아니었다.

인숙 엄마의 감정이 격해진 것은 집주인이 그들이 사는 집 외에도 그 양옆으로 두 채나 더 소유하고 있는 나름 집 부자라는 사실을 동네 사람에게 전해 듣고서였다. 그때 그녀는 집으로 들어서자마자 ‘세상에’를 연발하다 깊은 한숨을 내쉬다 찬물을 내리 마시다 급기야는 제 가슴팍을 팍팍 쳐대며 똑같은 말을 몇 번이나 뱉어냈다. 등이 굽은 그 노파가 그렇게 돈이 많을 줄은 상상도 못 했다는 것이다.

“집이 많은 거지. 돈은 없을 수도 있지.”

노 17은 분위기 파악도 못 하고 그렇게 대꾸했다. 그러자 인숙 엄마는 그가 읽던 두꺼운 책을 낚아채 벽에다 집어 던져

버렸다.

"이 빌어먹을 놈아. 정신머리 글러 먹은 놈아. 뭐 좀 느낀 것도 없냐? 응? 좋냐? 그 볼품없는 늙은이도 집을 세 채나 가지고 있다는데 너는 멀쩡하게 생겨서는 십 원 한 푼도 못 벌고. 너 그렇게 살면 좋아? 계속 이따위 책이나 읽고 살아라. 빌빌거리면서. 이 집 저 집 월세나 다니면서. 먹고 죽으려야 가질 수도 없는 집 한 채도 없이. 응? 그렇게 해! 내가 미친년이지. 등단 한 번 한 것으로 인생 끝난 놈인 줄 모르고. 뭘 믿고 저런 인사랑 결혼했는지. 사기꾼도 저런 사기꾼이 없는데. 사기당한 줄도 모르고. 내가 미친년이지. 누굴 탓하겠냐? 그래도 너 그따위로 살면 안 되지. 마누라가 식모살이해서 준 밥 먹고 살면서 부끄러운 줄도 모르고. 너 진짜 그렇게 살다 뒈져봐라. 지옥에나 갈 거다!"

거의 열변에 가까운 말을 속사포로 토해냈다. 어찌나 흥분해있었던지 그녀는 아주 간단한 계산도 틀리고 말았다. 등이 굽은 그 노파가 가지고 있는 집은 세 채가 아니라 네 채였다.

그들의 집에서 5분가량 내려가면 몹시 좁은 골목길이 구불구불한 모양새로 펼쳐져 있었는데 노파는 그 골목길 가장

끝의 개량한옥에서 살고 있었다. 집 자체로만 보면 오각형 모양의 꽤 넓은 마당도 있어 노인네 혼자 살기에 그리 나쁘진 않았다. 하지만 어쩌다 길을 잘못 든 것이 아니라면 막다른 곳에 있는 그 집 앞까지 발길을 두는 사람은 없었다. 사람의 흔적이 느껴지지 않아 가뜩이나 숲 속의 당집처럼 을씨년스럽기만 한데, 칠이 벗겨진 대문에는 녹까지 슬어 그러한 분위기를 더 돋웠다.

노파 또한 사람들에게 그다지 호감을 주는 인상은 아니었다. 아래로 축 처진 입가를 굳게 다물고 가로줄이 선명하게 난 콧등을 찡그리며 다니는 거야 노인네 성정이 무뚝뚝한가 보다 하고 넘길 만했지만, 살짝 아래로 내리깐 눈꺼풀 밑에서 무언가를 살피는 것 같은 눈은 어쩐지 좀 무서운 감이 들기도 했다.

노파의 지난한 삶을 대충 알고 있는 몇몇 토박이들만 그녀에게 말을 건넸는데 그 몇 안 되는 사람 중 하나에 인숙 엄마도 끼어 있었다. 그런데 그 노파가 네 채의 집을 소유하고 있을 뿐 아니라 시장통에서 순대 장사로 모은 돈이 꽤 된다는 사실을 알게 된 이후에는 훨씬 더 살갑게 굴기 시작했다.

자잘한 반찬 같은 것을 챙겨 주거나, 싸구려 화장품이나마 선물이라 들이밀거나, 일하는 집에서 얻은 옷가지를 고급 옷이라 노인네가 입으면 어울릴 것 같다며 들고 가기도 했다. 바로 그러한 이유로 인숙 엄마 또한 말을 지어내기 좋아하는 사람들의 입방아에 오르내렸다. 그러든가 말든가 그녀는 곧잘 노 17에게 이렇게 귀띔했다.

"그 노인네 자식도 없고 일가친척도 없대."

노 17은 노파가 죽은 이후에 그녀의 재산이 복지재단이나 그와 유사한 단체에 넘어가면 큰일이 나는 것처럼 안달복달하는 아내가 이해는 되지 않았지만, 적당히 맞장구를 쳐주었다. 그들 삶에 별 영향도 없는 일로 또 방언처럼 터져 나오는 욕설을 듣느니 그게 차라리 마음 편했다. 게다가 남의 집 부엌일 하느라 손에 물 마를 날이 없는 그녀의 유일한 낙은 제 것은 아니어도 제 것인 양 노파의 재산을 두고 만 가지 상상하는 것처럼 보였기에 그쯤이야 해주지 못할 건 또 뭐야 하는 생각도 있었다.

그러던 어느 날부터다. 인숙 엄마는 노파의 재산을 입에 올리지 않았다. 대신에 무언가를 골똘히 생각하느라 가스레

인지에 올려둔 주전자며 냄비를 서너 개는 태워 먹었고 밥통의 취사 버튼을 누르는 것을 잊어 기껏 차린 밥상 앞에서 입맛만 다시게 했다. 설거지를 하다말고 싱크대 앞에 쪼그리고 앉아 손톱 끝을 잘근잘근 깨물거나 세탁기를 돌린다고 들어간 화장실에 멍하니 앉아 있거나 가족 중 누군가가 말을 걸어도 그것을 바로 듣지 못하고는 뒤늦게 '뭐라 했어?'라고 묻는 행동들이 빈번해졌다.

"자네, 무슨 일이 있는가?"

보다 못한 노 17이 물었다.

"무슨 일은… 혹시…."

인숙 엄마는 무언가를 말하고 싶은 걸 꾹 참더니 고개를 절레절레 흔들다 계속해서 피식거렸다.

"진짜 무슨 일 없나?"

노 17이 다시 물었다. 그러자 인숙 엄마는 초췌하게 늙어가고 있는 남편의 얼굴을 물끄러미 바라봤다. 답답함과 측은함을 담은 눈빛에는 무언지 알 수 없는 독기도 깃들어 있었다. 그 눈이 마음에 걸렸다. 이 여자가 무슨 생각을 하는 거지? 노 17은 자신도 모르게 손을 내밀어 아내의 눈꺼풀을 감기고 말았다.

그로부터 사흘이 지나서였다. 인숙 엄마는 매달 온라인으로 입금하는 월세를 굳이 노파에게 직접 주겠다며 집을 나섰다. 노 17은 인숙 엄마가 나가자마자 안방으로 들어섰다. 몹시 읽고 싶은 책이 하나 있었는데 돈 만 원이 없어 구매하지 못하고 있어 아내의 지갑에서 꺼낼 생각이었다. 더도 덜도 말고, 딱 만 원만. 그런데 화장대 서랍을 열다 말고 상판에 놓여 있는 흰 봉투를 발견했다. 그 안에 들어있는 돈이 집세와 같은 액수인 걸 확인하고 봉투를 쥔 채 얼른 집을 나섰다.

"이상하다, 이상해. 요즘 정신을 어디 팔고 다니는지."

노파의 집까지 걸어가면서 중얼거렸다.

"그렇게 똑 부러지는 사람이."

정말이지 요즘 인숙 엄마는 예전의 그녀가 아닌 것처럼 보였다. 비록 잔소리가 심하기는 했지만, 눈빛이 매섭거나 사나운 표정과는 거리가 멀었다. 나름대로 인상도 좋은 편이라 가사 도우미 일을 찾는 데도 도움이 되었다.

"아무래도 이상하다."

뭐가 이상한지는 모르겠지만, 어쨌든 영 개운치 않았다.

그렇게 혼자 비 맞은 중마냥 중얼거리며 가다 보니 어느샌가 노파 집 앞에 다다랐다. 그는 초인종을 누르려다 대문이 살짝 열려 있는 것을 발견하곤 안으로 들어섰다. 따스한 주말 오후의 볕이 깃들어 있는 마당을 지나 현관문을 열었다.

"아무도 없습니까?"

인숙 엄마가 오지 않았나? 길이 엇갈렸나? 뭐, 어쨌든 집세만 주고 가면 되지. 그런 생각을 하면서 열려 있는 현관문을 뒤늦게 두들겨보았다. 사람의 기척은 느껴지는데 대답하는 사람은 없었다. 그냥 돌아섰다. 그런데 묵직한 무언가가 바닥에 나뒹구는 것 같은 소리가 들렸다.

혼자 사는 노인네가 무슨 변이라도 당했나?

머릿속을 스치고 지나가는 생각보다 그의 몸이 먼저 안방 쪽을 향해 허겁지겁 달려가고 있었다. 길게 팔을 뻗어 문부터 열자 쪼그려 앉은 채 무언가에 집중하는 아내의 등이 제일 먼저 눈에 들어왔다.

"인숙 엄…."

노 17은 말문이 막혔다. 그의 눈에는 또 한 사람, 눈을 부릅뜬 채 죽어 있는 노파가 보였다.

“인숙 엄마.”

심하게 떨리는 음성이 입 밖으로 튀어나온 것과 동시에 그의 머릿속을 스치고 지나간 생각은 ‘설마, 인숙 엄마가?’였다.

온몸이 녹아내리는 것 같은 고통스러운 시간이 몇 초, 혹은 몇 분인가 지나갔다. 서서히 돌아보기 시작한 아내의 턱선과 콧날, 앞 얼굴이 탁탁 끊기듯 보이는 가운데 그는 뭐라 말할 수 없는 섬뜩함에 그만 주저앉고 말았다. 뒤이어 그의 눈에 일직선으로 들어선 것은 힘을 꽉 주고 있는 아내의 손등과 그 아래로 아무렇게나 삐져나온 오만 원권 지폐 뭉치였다.

“금광이야, 여보. 주인 없는 금광이야.”

아내는 바로 뒤이어 덧붙였다.

“이럴 줄 알았어. 바닥이 어째 좀 울퉁불퉁했다니까. 여보, 어서 빨리.”

한 평 남짓하게 들춰진 장판 아래로 깔린 노란색의 향연. 한판 굿을 벌이는 무당처럼 집중도 강한 아내의 눈빛. 죽어서까지도 욕심을 떨쳐내지 못한 노파의 부릅뜬 눈. 그리고 시끄럽게 울려 퍼지는 노랫소리.

바닥 아래 금광, 차지하리라. 주인 없는 금광, 아름다운 황금색, 누군가 오기 전에, 모든 건 내 것. 이 모든 건 내 것.

노 17은 낡은 대문을 박차고 좁은 골목길을 빠져나와 집을 향해 뛰었지만 아무리 뛰고 뛰어도 집에 도착하지 못했다. 집의 위치가 기억나지 않아서다. 골목길을 돌고 또 돌다 보니 마을버스가 다니는 큰길이 나왔고 그 길을 건넜더니 아파트 단지를 감싼 벽이 성벽처럼 높게 드리워져 그늘진 길이 눈앞에 펼쳐졌다. 그 길을 따라 한참을 걷다 말고 그는 문득 멈춰 섰다.

'죽인 거야? 죽어 있었던 거야?'

지금까지도 노 17은 진실을 알지 못한다. 피비린내는 나지 않았다. 그것은 곧 외부의 폭력에 의한 상처로 죽음에 이른 것이 아니라는 것을 말해주는 것이기도 했다. 하지만 살해 방법에는 피를 보지 않아도 되는 것들도 있다.

노파의 목에 흔적이 있었던가. 낯빛은 어떠했더라. 죽인 거야? 죽은 거야?

"뭐해?"

장의 목소리가 불쑥 튀어나오자 노 17은 들고 있던 숟가락을 그대로 떨어뜨리고 만다.

뭐해? 빨리. 다른 사람들이 오기 전에 빨리.

"지랄이다."

수저통에서 숟가락 하나를 다시 꺼내며 장은 노 17의 안색을 흘낏 살핀다.

"……."

"그래그래. 당신 속이 속이겠냐."

모든 건 내 것. 이 모든 건 내 것.

노 17은 웃는다. 머릿속은 여전히 시끄러웠지만, 그의 앞에 앉아 있는 장을 보는 것만으로도 좋다.

"이상하지? 다른 사람들이 주는 밥은 눈칫밥인데 당신이 사주는 건 내 돈 주고 내가 사 먹는 것 같거든."

"전생에 내가 당신한테 빚을 많이 졌나 보지."

빨리, 어서, 돈을 챙겨.

"그럼 다음 생애에선 내가 밥 사줘야겠네."

장판 아래에 있는 건 황금. 주인을 잃어버린 황금.

“이번 생도 지겹다. 다음 생엔 만나지 말자. 아니, 아예, 둘 다 태어나지 말자.”

“장아. 내가 죽거든 장판을 들춰봐. 장례 치를 돈 정도는 있으니까.”

노 17은 담담하게 말하며 소주잔을 든다. 소주잔 가득 차 있는 맑은 술 위에 비치는 것은….

◇◇◇◇◇

장의 집 벽이다. 노 17은 벽 밖으로 머리를 밀어 넣는다. 이번엔 머리가 사라져 있는 뒷모습이다. 그는 어깨를 움찔거리더니 다시 방안으로 머리를 빼내곤 장에게 다가가 소리 지르기 시작한다.

“일어나! 어서. 일어나! 여기서 나가야 해. 이대로 있으면 안 돼. 제발 좀 일어나!”

계속 소리를 질러대도 장이 눈을 뜨지 않자 아예 그의 배 위에 걸터앉는다. 뒤이어 자신의 다리를 장의 다리에 맞추고 상체를 천천히 눕힌다. 장의 다리 길이가 조금 짧은 듯 보였지만 합체를 하고 보니 얼추 맞아떨어진다. 이제 노 17은 자신의 의식을 집중시킨다. 그리고는 중얼거린다.

"하나, 둘….."

노 17은 셋을 외치면서 벌떡 몸을 일으킨다. 그런 다음 바로 뒤돌아본다. 장의 몸은 여전히 바닥에 눌어붙어 있다. 그는 곧 정신을 가다듬고 장의 몸 위에 다시 눕는다. 조금 전처럼 상체를 일으켜 보지만 여전히 제 몸만 일어나 있다. 다시 시도한다. 제발! 하나, 둘…. 셋을 세기도 전에 이번엔 장이 고통스러운 신음을 내며 눈꺼풀을 파르르 떤다.

"정신이 드나? 정신이 들어?"

장은 눈동자만 굴려 방 안을 둘러보려 하지만 그조차 쉬워 보이진 않는다. 그런데도 노 17은 장이 자신의 말을 듣고 있다고 착각한다. 눈꺼풀을 조금씩 껌벅거리는 게 대답하는 것처럼 보여서다. 하지만 그것도 잠시, 장은 또다시 까무러진다.

"이러지 마. 제발 부탁이야. 일어나!"

노 17이 어떻게든 그의 몸을 부여잡으려 헛손질을 하는 사이에 문밖 저 너머에서는 큰 바위 덩어리가 굴러떨어지는 것 같은 소리가 들리고 있다. 그 소리가 이쪽으로 성큼성큼 다가올수록 노 17의 몸부림도 강도가 깊어진다.

이제 그만두었으면 좋겠다. 보고 있는 것만으로도 버겁다. 번잡한 움직임이 눈앞에서 어른거리니 정신이 다 사납다. 하지만 그는 염소 따위에겐 신경 쓸 여력이 없다. 염소가 곁에 있다는 것조차 잊어버리고 있다. 계속 같은 동작을 반복하면서도 그것이 소용없는 일이라는 걸 깨닫지 못하고 있다. 이번엔 장의 몸 위에 드러누워 좀 더 길게 숫자를 세기 시작한다. 열, 열 하나…. 수를 세면 셀수록 자신의 힘을 좀 더 모을 수 있을 거라 여기는 듯하다. 열다섯….

스물까지 세려는 건가. 나는 그렇게 생각하고 그는 열여섯을 말하려 할 때다. 뻥 하는 소리가 우렁차게 들리며 부엌 천장의 한 귀퉁이가 풀썩 내려앉는다. 그에 화들짝 놀란 노 17을 따라 밖으로 나가자 긴 팔을 올리고 있는 거대한 굴착기가 보인다.

"안 돼!"

노 17이 소리치는 것과 동시에 그것은 순식간에 지붕을 내려치고 만다.

“그만! 멈춰! 안에 사람이 있어.”

노 17이 기겁을 하며 굴착기 운전석 쪽으로 달려든다. 그러나 기사의 손놀림은 정교하고 빠르기만 하다. 기계 팔이 또 한 번 지붕을 내려치는 가운데 노 17의 몸은 가뿐하게 살아 있는 육체를 통과하고 만다. 그는 재빨리 몸을 돌려 또다시 기사에게 달려든다. 그때다. 지붕 바로 위에서 기계 팔이 동작을 멈춘다.

“왜?”

나이 든 인부가 기사를 향해 소리친다. 기사는 난감한 기색으로 이마를 긁적이더니 노 17이 있는 쪽을 흘낏 본다.

“왜!”

인부가 되묻는 것과 동시에 노 17은 기사의 망설임에 마지막 희망을 걸고 절규하듯 소리친다.

“사람이 있어. 저 안에 사람이 있어. 부탁이야! 안에 들어가 확인해!”

기사는 갑자기 몸서리를 치더니 헛기침을 두어 번 뱉어낸다. 그러곤 아래를 내려다보며 자신 없는 목소리로 묻는다.

“아무도 없는 게 확실합니까?”

"문의 표식을 보고도 그래? 별걱정을 다 하네."

"아, 감이 안 좋아, 찜찜해. 한번 들어가 확인 좀 해봐요."

"저 미친 새끼가 어딜 들어가라는 거야? 너나 들어가. 씨발. 별, 재수가 없으려니까."

운전석에서 일어난 기사가 발판을 밟고 내려서려 할 때다. 장의 집이 풀썩 내려앉으며 희뿌연 먼지에 휩싸인다. 기사는 휘청거리는 몸을 지탱하기 위해 굴착기 벽면을 짚는다. 바로 그 옆에 서 있는 노 17은 그 자신의 시신이 그러했던 것처럼 입을 헤벌린 채 굳어 있다.

산 자와 죽은 자 모두를 정지된 시간 속으로 몰아넣은 듯 강렬한 침묵이 이어진다. 그러나 곧 인부 한 명이 바닥에 침을 탁 뱉어내며 소방 호스를 들자 다른 인부들도 움직이기 시작한다. 시원하게 쏟아지는 물줄기에 제압당한 먼지들이 가라앉은 곳에는 철근과 시멘트 더미가 볼썽사나운 모습을 드러낸다. 그 안 어딘가에 파묻혔을 장을 찾으려는 듯 노 17이 뒤뚱거리며 걷기 시작한 것도 그즈음이다.

의외의 만남

무너진 건물은 쓰레기가 되어버린다. 동네 하나를 통째로 쓰레기장으로 만들기란 그처럼 쉬운 일이다. 오래지 않아 새싹이 돋아나듯 그 땅에는 철근과 시멘트를 비료 삼아 새로운 건물이 생길 것이다. 쓰레기장을 다시 번듯한 동네로 만드는 것도 그처럼 쉬운 일이다.

하지만 한 번 죽은 이는 두 번 죽을 수 없고, 새로운 삶을 살 수 없다. 미처리 시신의 주인들이 현재를 만들 수 없으며 미래를 꿈꿀 수 없는 이유이기도 하다. 그래서 그들은 반추동물처럼 목구멍으로 넘긴 음식물을 다시 역류시키듯 과거의 추억을 되새김질하는 것이다. 그것만이 그들이 시간을 보낼 수 있는 유일한 방법이다.

노 17 역시 그러한 운명에서 벗어날 수 없다. 그리 멀지 않은 곳에서 또 다른 굴착기의 굉음이 온 동네를 뒤덮고 있지만 지금 그에게 그러한 소리는 아무 의미도 지니지 못한다. 그는 폐허가 되어버린 지구의 마지막 생존자가 되어 오로지 지나가 버린 일들만 끊임없이 재생시키고 있다. 마비된 입에서 줄줄 흘러내리는 침을 닦을 생각도 못 하는 사람처럼 말이다.

그 옆에서 그의 기억을 받아먹고 있는 것은 염소다. 아니, 나다. 아직은 인간의 형체를 하는 미처리 시신의 주인과 뜻하지 않게 염소의 형체를 한 치다꺼리는 이곳 세상에선 아무도 알아보는 이가 없기에 어떠한 관계를 맺을 수도 없는 존재다. 그러한 때….

미래를 만들고 싶다, 생각한다.

죽지 않았더라면 시요가 직접 발품을 팔아 구했던 그 집에서 적어도 2년은 보냈을 것이다. 그 집은 비록 지하였지만 주인집의 넓은 정원을 이용할 수 있었고 그 정원에서 바라보는 먼 산의 경치가 아름다운 곳이었다. 전세 계약 기간이 끝나 또 다른 곳으로 이사해도 그녀는 어김없이 내 옆자리를 지켰을 것이다. 그녀가 직접 고른 세간들이 세월을 이기지 못해 하나씩 낡아가는 동안 가끔 말다툼하거나 심하게는 서로에게 물건을 던져가며 싸우기도 했을 것이다. 혹은 2년에 한 번씩 이사 다니느라 생활이 고단하다고 느꼈을지도 모른다. 그런데도 어쨌든 홀로 늙어 가는 것이 아니라는 데 안도했을 것이다.

그녀가 있으므로 더는 혼자가 아니었는데, 그러한 때에 나는 왜 죽어….

실종신고를 하지 않으면 실종자도 없는 거야.

그런데 어째서 이 세상에 실종자 하나를 더 늘리려 하는 거야?

언젠가 김 사장에게 무슨 일이 있는 것 같으니 실종신고를 하자고 했을 때 그녀는 그렇게 말했다. 도무지 이해할 수 없는 말인데도 설득이 되었고 더 솔직하게는 김 사장이 영원히 나타나지 않기를 바랐다. 그런데, 나의 실종도 그녀에겐 그런 것일까.

실종자 하나 더 늘려서 뭐하게?

사라진 건 사라진 대로 두자. 귀찮잖아.

◇◇◇◇◇

노 17의 기억을 훔쳐보다 갑자기 시요를 생각하게 된 이유를 알고 있다. 믿기지 않게도 지금 내 눈앞에 시요가 있다. 그녀는 폐허가 되어가는 동네를 놀라운 눈으로 쳐다보는 중이다. 갑자기 땅에서 솟아났거나 하늘에서 떨어진 것 같다. 다시는 볼 수 없을 거라 여겼던 존재가 이렇게 눈앞에 떡하니 서 있다니. 김 사장, 그는 알고 있었을까. 이곳에 오면 그녀를 볼 수 있다는 것을? 아니, 그보다 어떻게 그녀가 여기에 있는 것인가. 그것도 절망적인 표정을 짓고는.

그녀 가까이 달려간다. 그녀가 보지 못해도 달려간다. 그런데 무언가가 강한 집중력을 발휘하며 뒤따라오는 것이 느껴진다. 돌아보니 노 17이 내 뒤를 쫓고 있다.

"인숙아…."

그의 입에서 나온 이름은 내가 알고 있는 그 이름이 아니다. 하지만 지금 그와 내가 보고 있는 사람은 내가 알고 있는 그 사람이다. 시요. 시요!

"인숙아!"

이제 그는 나를 앞지른다. 짤름발이처럼 다리를 절면서도 그녀가 있는 곳으로 기어이 가고자 하는 그의 뒷모습은 애절하기까지 하다. 그녀도 이쪽을 보고 있다. 눈이 시린 듯 가늘게 뜨곤 입술을 실룩이고 있다. 저러다 울겠다. 그런 건 시요가 아니다. 어떤 땐 잔인하게 나를 괴롭히고, 어떤 땐 부드럽게 나를 어루만져주는 내 연인. 그런데, 시요.

시요. 양 갈래머리를 하고 있었던 여자아이는 너였구나.

여름, 신촌 뒷골목 어디쯤이다. 그곳엔 숲 속 깊은 곳에 숨겨진 동굴처럼 길 안쪽으로 움푹 패 들어간 헌책방이 있다. 노 17은 책방 주인이 가끔 흘겨보는 걸 보지 못하고 〈여행의 희망〉을 한입에 털어 넣을 것 같은 기세로 읽고 있다. 가끔 흔들리는 눈빛은 몽롱한 기운을 발하며 어디론가 떠돌아다니는 것도 같다. 살며시 올라간 입술 끝에서 삐질 웃음이 나오나 싶더니 곧 뭐라 중얼거린다. 그때다. 그는 바로 앞에 드리워진 그림자를 감지하고 천천히 고개를 든다. 여전히 책 속에 있는 것 같은 그의 눈은 일 퍼센트의 현실감도 없다. 그는 꽤 오랫동안 자기 앞에 서 있는 사람을 확인하고도 그냥 멍하게 쳐다보기만 한다.

"인숙이니…?"

시요는 의기양양하게 고개를 끄덕인다.

장판 아래에 있는 건 황금. 주인을 잃어버린 황금.

"그래, 인숙이구나. 인숙이야."

주인 없는 금광, 아름다운 황금색, 누군가 오기 전에, 모든 건 내 것. 이 모든 건 내 것.

노 17은 시요의 눈에서 아내의 눈을 본다. 집요하고 강한 빛을 내뿜는 검은 눈동자, 원하는 것을 결국엔 찾아내고야 마는 집념과 의지.

모든 건 내 것. 이 모든 건 내 것.

노 17은 고개를 숙이고 만다. 그러자 시요는 한쪽 무릎을 꿇고 앉아서는 두 손을 노 17의 뺨에 갖다 대고 그의 시선이 자신에게 향하도록 고정한다.

"책방이란 책방은 다 찾아다녔어. 아버지. 거지꼴을 하고 있어도 책방은 찾을 거로 생각했거든."

"······."

"찾아다니는 게 정말 힘들어서 그냥 내가 책방을 차릴까도 생각해봤지. 아버지 꿈이었잖아, 헌책방."

"······."

"왜 아무 말도 안 해? 입학금까지 훔쳐 달아난 거 내가 용서한다고. 그런 건 괜찮아. 그런 거 때문에 돌아오지 않는 거라면…."

"입학금…?"

"내가 괜찮다고 하잖아. 엄마가 다 해결해줬으니까. 정말 모든 걸 다 해결해버렸지. 죄책감 때문이라면…. 이제 됐어. 그만해도 돼. 인정이도…."

모든 건 내 것. 이 모든 건 내 것.

노 17의 머릿속을 맴도는 목소리는 인숙 엄마의 것이다. 그는 이제 도망갈 궁리만 한다. 인숙 엄마를 피해. 끈질기게 따라붙는 그녀의 목소리를 피해. 죽을 것같이 괴롭다는 생각을 하며 슬금슬금 일어선다. 그의 시선이 향한 곳은 서점 입구 쪽이다.

그제야 노 17의 생각을 눈치챈 시요는 새된 목소리로 "아버지! 제발 좀!"이라고 고함을 질러대고 만다. 동시에 조금 전부터 그들을 예의 주시하고 있던 책방 주인이 "거, 좀 조용히 해요"라고 통명스레 주의를 시킨다. 노 17은 그 기회를 놓치지 않고 시요를 밀쳐낸다. 쭈그려 앉은 채 발랑 뒤로 나자빠진 시요는 무슨 일이 일어났는지 이해할 수 없다는 표정으로 아주 잠시 노 17의 뒷모습을 눈으로만 쫓는다.

하지만 곧 벌떡 몸을 일으켜 그를 쫓아 뛰기 시작한다. 쫓고 쫓기는 상황이 잠시 펼쳐지나 싶었지만 뒤이어 "도둑이야!"하는 소리에 노 17과 시요는 둘 다 발걸음을 멈추고 뒤를 돌아본다. 책방 주인이 사력을 다해 쫓아오는 것이 보인다. 노 17은 그제야 책 한 권을 손에 쥐고 있는 것을 깨닫곤 그것을 냅다 집어 던진 뒤 다시 뛴다.

시요도 덩달아 뛰지만, 하이힐을 신은 그녀의 발은 그다지 빠르지 못하다. 곧 책방 주인에게 팔목을 잡히고 만다. "이 도둑년!" 노 17은 책방 주인의 외침을 마지막으로 들으며 모퉁이로 들어선 후에도 뛰기를 멈추지 않는다. 평소 운동 부족으로 조금만 뛰어도 헉헉거리는 것을 생각한다면 거의 신기에 가까운 일이다.

그는 달린다. 달리고 또 달린다. 그럴수록 시요는 점점 멀어진다. 그는 자신의 뒤로 저만치 떨어진 곳에서 책방 주인장의 손을 뿌리치려 애쓰는 시요의 눈에 눈물이 차오르는 것을 보지 못한다.

지금도.

노 17은 보지 못한다.

그는 문득 멈춰 서더니 몸을 돌려 장이 파묻힌 폐허 더미 쪽으로 시선을 준다. 그 순간 그의 시선에 잡힌 것은 땅에서 불쑥 솟아오른 기계 손이다. 그것은 하늘을 긁어댈 기세로 허공을 가로지르고 있었지만 바로 뒤이어 땅으로 내리꽂힌 채 쓰레기 더미를 파헤치기 시작한다. 그 주변에 포진해 있는 사람들이 무어라 떠들어대는 소리는 이편까지 들리지 않는다. 그런데도 노 17은 그들의 소리를 들으려는 듯 귀를 쫑긋 세우고 있다. 그러는 사이 시요는 발걸음을 돌려 길 아래쪽으로 걷기 시작한다. 그대로 있다간 그녀를 놓치고 말 것이다. 그렇게 내버려둘 수 없다. 그러니, 제발 시요를 쫓아.

소리를 질렀지만, 여전히 내 귀에 박히는 건 염소 울음소리다. 하지만 나름대로 효과는 있다. 의미가 전해지지 않는 소리라도 소리는 소리라 노 17의 주의를 환기한 것이다. 노 17의 눈길이 나를 향한다. 무기력하고 불안정한 눈. 이제껏 활기가 넘친 적도 없었지만 이처럼 무언가를 두려워하는 것 같은 빛을 보인 적도 없다. 그제야 그가 시요 가까이 다가서기를 꺼린다는 걸 깨닫는다. 하지만 그건 그의 문제지 내 문제는 아니다.

그는 시요 쪽으로 다가가야 한다. 그래야 나 또한 시요 가까이 다가갈 수 있다. 〈치다꺼리 지침서〉 3장 5에는 '미처리 시신의 주인을 내버려둔 채 움직일 수 없다'라는 빌어먹을 조항이 있다. 그 또한 무슨 상관인가. 나는 지침대로 하겠노라 약속한 적이 없다. 당연히 지침대로 움직일 의무도 없다. 김 사장이 아니라 그 이상의 존재가 정한 규칙이라 해도 마찬가지다. 내가, 왜? 나는 시요를 이렇게 놓칠 수 없다.

노 17을 뒤로하고 시요를 쫓는다. 그녀의 등은 늘 그렇듯 꼿꼿하게 세워져 있다. 지금 그녀는 무슨 생각을 하고 있을까. 나를 떠올린 적은 있을까. 아니면 나를 찾아 헤맨 적은. 그녀가 구한 새집은 도심지에서 좀 떨어진 한적한 전원주택의 지하였다. 지하는 싫지만, 주인집의 정원을 이용할 수 있고, 정원에서 바라보는 경치가 좋아서라는 게 그 집을 선택한 이유라고 했다.

당신이 좋으면 나도 좋아.

살면서 그처럼 단순하면서도 살가운 말을 한 적이 없었던 것 같다. 하지만 그 당시 나는 정말 그런 마음이었고 그녀가 원하는 것이라면 무엇이든 다 괜찮다는 생각을 하고 있었다. 심지어 우리가 살게 될 집이 여느 지하 집과는 달리 말 그대로 창고로 사용할 목적으로 만들어진 진짜 지하였으며 창문 하나 없는 벙커 같은 공간이라는 걸 알아차린 순간조차.

"집이 참…."

그저 이렇게 중얼거렸다.

사방을 벽으로 막기만 하면 집인가. 천정이 있으면 집인가. 공기도 잘 통하지 않고 햇살 한 점 들어서지 않아도 집은 집인가.

그러니까, 이런 것도 집이라고 구한 시요를 탓하기보다 이런 것도 집이라고 세를 놓으려는 집주인을, 더 나아가 제대로 된 집을 구하기 힘든 세상에 대해 나답지 않게 비판적인 견해를 주절거리고 싶었다. 하지만 세상 물정 모르는 아이가 허접

스러운 물건을 사고선 마치 보물이라도 되는 듯 자랑스러워 하는 표정까지 짓는 시요 앞에서 그런 말은 할 수 없었다.

"참 넓네."

결국, 이전에 살던 집보다 두 배는 넓은 공간을 가지게 되어 기쁘다는 의미를 풀풀 풍기며 웃어 보이기까지 했다.

"그렇지? 그래서 냉장고도 큰 거로 사자고 한 거야."

910L나 되는 양 문 냉장고는 이사 다음 날 바로 배송됐다. 하지만 전체 평수보다 그다지 넓지 않은 부엌은 비대한 냉장고를 받아들이지 못했다. 결국, 현관문과 마주한 거실 벽에 놓았는데 그 벽조차 냉장고 넓이를 감당하지 못해 부엌 입구를 반쯤 가리고 말았다.

냉장고 설치기사가 돌아가자마자 시요는 그 흰 얼굴에 묘한 웃음을 띠고 -눈이 웃지 않았다. 입술 양 끝만 살짝 올려 웃는 모양새만 만들어냈다- 이렇게 말했다.

"냉장고 안은 차차 채우자. 오늘은 쉬어야지."

시요가 그렇게 말하지 않았어도 시장은 내일 보자고 먼저 말할 참이었다. 그런데 어찌 된 일인지 내 입에서는 다른 말이 나왔다.

"지금 채우는 게 좋지 않을까? 어차피 저녁도 해먹어야 하고. 내일 아침도….."

이번에도 시요는 살짝 입술 양 끝을 올렸을 뿐인데 내 귀에는 서늘한 바람이 나뭇잎을 스치며 내는 것 같은 소리가 들렸다. 그 순간 나는 그녀가 무슨 생각을 하고 있는지 몹시 궁금해졌다.

왜 이런 곳을 선택했어? 왜 이런 냉장고를 샀어? 왜 나와 살겠다고 한 거야? 육체에 갇힌 의식은 읽히지 않는다. 빌어먹게도 내가 읽을 수 있는 건 미처리 시신들의 의식일 뿐이다. 그때도, 지금도. 나는 시요의 생각을 제대로 읽은 적이 없다.

그러니, 너도.

순간 내 눈이 얼마나 사악하게 빛났을지는 하늘에 떠 있는 태양만이 알 것이다.

너도, 죽어.

네 발로 달린다. 뒷모습은 이제 됐다. 내가 보고 싶은 건 그녀의 앞모습, 그리고… 그녀의 영혼. 육체를 벗어나 무기력하게 떠도는 저 미처리 시신의 주인과 같은 영혼.

하얀 여왕의 냉장고

냉장고가 들어왔던 그 날 밤이다.

침대를 비롯한 가구들을 주문해두었던 가구점에서 배송이 늦어진다는 전화를 받았다고 했다. 시요가. 어쩔 수 없이 딱딱한 바닥에 요를 깔고 누웠다.

불 끈다?

시요는 내 옆에 눕기 전에 형광등 스위치를 끄려 했다.

몹시 어두울 거야.

지상에서는 볼 수 없는 완벽한 어둠이 우리가 누워 있는 자리로 내려앉아 버릴 것을 미루어 상상하며 그녀를 말리려 했다.

어두운 게 뭐.

그녀는 별소리 다 듣겠다는 듯 중얼거렸고, 그 중얼거림이 채 끝나기도 전에 '달칵'하는 소리와 함께 정말로 새카맣고 무거운 어둠이 공간을 꾹꾹 눌러버렸다.

숨이 막힌다, 고 생각했다. 생각하니 진짜 그렇게 되어버린 듯했다. 어둠 속에서 잘도 제자리를 찾아 제 몸을 눕히는 시요의 기척은 이상한 기시감을 불러일으켰다.

사방이 막힌 공간에 누워 있는 것은 나만이 아니다. 다른 이가 내 옆에 있다. 그것도 이 세상에서 내가 유일하게 사랑하는 이. 그녀도 그럴 것이다. 아니, 그렇지 않다. 한 번도, 그래, 단 한 번도 나는 그녀의 눈에서 사랑을 본 적이 없다. 하지만 그녀의 입은 말한다.

'우리 같이 살자.'

왜라고 물어보진 않았다. 연인들이란 원래 한 집 살림하게 되어 있다. 헤어질 것이 아니라면.

이 또한 내 망상이 만들어낸 전제인지도 모르겠다. 그녀는 헤어지길 원하고 있을 수도 있다. 다만 지금은 아니라는 마음으로 나를 만난 것인지도 모른다.

묻고 싶다. 끈질기게, 그녀의 깊은 속마음까지 다 꺼낼 수 있도록. 하지만 하얀 여왕의 눈동자에 박힌 얼음 조각은 더 이상의 질문을 용납하지 않겠다는 듯 위협적이기만 하다.

그래서 무서워? 누군가 물었다. 시요의 목소리는 아니다. 그녀는 그냥 내 옆에 누워 있을 뿐이다.

왜 대답을 안 해? 목소리가 다시 묻는다.

시요 때문이야? 그녀가 네 말을 들을까 봐?

그래, 시요 때문이다. 그녀는 내가 다른 이와 말하는 것을 싫어한다. 오로지 자신만 보기를 원하고 자신과 말하기만 바란다. 그 어떤 비밀도 만들면 안 된다고 한다. 그녀의 말에는 힘이 있다. 하지 말라는 것은 하지 않게 만든다.

그래서 비밀은, 그녀에게 계속 비밀이 된다. 내가 만들지 않아도 절로 알게 된 비밀은. 그 비밀은.

뭐가 그렇게 무서운데? 목소리는 사라지지 않았다. 어둠의 틈새에 몸을 감춘 채 내가 말하기를 기다린다. 저리 가, 저리 가버려. 어디? 여기에서 어디로? 저기? 저기에서 여기로 왔는데. 너는 가라고만 하는구나. 파편처럼 탁탁 튀는 목소리가 귓가 에 박혀서는 계속 윙윙댄다.

몸을 움직여본다. 깊이나 넓이가 사라진 공간은 어떻게 움직여도 그곳이 그곳이다. 내 몸도 그냥 어둠이다. 계속해서 간질거리는, 무언가가 꿈틀대며 속을 긁어대지 않았다면 나는 나를 없는 것으로, 사물뿐 아니라 공간까지도 게걸스레 잡아먹은 어둠 속에 먹혀버린 것으로 생각했을 것이다.

지금은 눈에 보이지 않지만 내가 있다는 것을 시각으로 경험했고, 그 경험을 지각했고, 지각한 관념으로 있다는 것을 알고 있고, 알고 있으니 나는 분명히 있고….

내가 있음을 감각으로 증명하려 애를 쓰는 내 관념까지는 어둠이 어쩌지 못하리라. 기묘한 승리감에 도취해 두 손을 좀 더 대범하게 앞으로 밀어내며 손가락 끝에 아무것도 걸리지 않을 때마다 무릎걸음을 걷는다. 고막에 바짝 달라붙어 윙윙거리는 소리 사이로 무릎걸음이 내는 마찰음이 파고들었지만, 그 때문에 시요가 잠에서 깰 것 같지는 않다. 그녀는 잠들지 않았으니까. 그 또한 경험으로 안다. 경험이 말해준 진실은 내 관념 속에 정확히 기록되어 있다.

하지만 무엇이든 예외는 있는 법이다. 혹여 시요가 어디 가느냐고 물으면 화장실에 간다고 말할 참이다. 저녁에 먹었던 김치찌개가 무척 짜 물을 많이 들이켰던 걸 그녀는 봤다.

믿을 것이다.

오른쪽이다. 판판하고 단단한 물체가 손끝에 감지된다. 위쪽으로 더듬거려 손잡이를 찾아낸다. 소리가 나지 않도록 조심하며 손잡이를 돌려본다. 그런데도 '딸각', 순간 부싯돌의 퍼런 불꽃이 튀는 듯하다. 시요는 여전히 모른 척이다. 고른 숨결을 내뱉으며 잠 속에 빠져든 양 살짝 뒤척이기까지 한다.

거실은 방의 어둠과 연속성을 띠고 있다. 문을 열고, 그 틈으로 몸을 빼낸 사실을 잊어버렸다면 나는 내가 여전히 방 안에 있다고 여겼을 것이다. 거실에는 시요가 없다. 문 저편의 그녀는 이제 조심스럽게 움직이는 내 기척을 감지해내지 못할 것이다. 휑하니 빈 거실을 가로질러 현관문 밖으로 나간다. 지하에서 지상으로 가는 길은 좁고 가파르다. 한 계단 한 계단을 오를 때마다 망설임이 계속 발걸음에 걸린다. 도둑처럼 슬그머니 나갈 것까지야. 그냥 시요 옆에서 그대로 잠들면 좋았을 텐데. 마음에 걸리는 건 꼭 확인해야만 적성이 풀리는 성격도 아니고.

그건 무엇이었을까.

시요가 정원을 이용할 수도 있다고 말했을 때 속으론 '세상 어느 집주인이 정원에서 노닥거리는 세입자를 마음 좋게 보고만 있겠느냐?' 생각했다. 그래도 궁금해 이삿짐을 옮기는 와중에 슬쩍 정원 쪽으로 발걸음을 옮겨 보았다. 족히 50여 평은 됨직한 정원은 시요의 말마따나 아주 좋은 풍경을 담고 있었다. 지대가 높아 가리는 건물 하나 없이 넓게 펼쳐진 하늘과 그 아래로 듬성듬성 보이는 전원주택들은 그 자체로 그림이었다. 이사하는 날인데도 코빼기도 비치지 않는 집주인과 어색한 인사를 나누게 될까, 같은 걱정으로 발걸음을 돌리던 차였다. 그때 그것을 보았다.

공작나비의 눈.

적의 동태를 호시탐탐 노리며 부릅뜬 눈 네 개가 건물 정면에 그려져 있었다. 가장자리를 금빛으로 둘러친 눈은 어찌 보면 방상시 탈의 사목(目)과도 닮아 있었다. 악귀야, 가라. 휙휙. 저리 가. 안 그럼 내가 널 잡아먹을 테다. 방상시의 부릅뜬 눈에 압도된 나머지 뒷걸음질까지 쳤다. 하얗게 질린 얼굴로. 이질적인 존재를 온몸으로 거부하는 건물 앞으로 감히 다가서지 못하고. 하지만 단지 두려움 때문만은 아니다.

"공작나비의 눈이 그려져 있어. 알아 공작나비?"

김 사장은 그렇게 말했다. 새로 이사한 집에 공작나비의 눈이 그려져 있어.

'형님. 이건 방상시야. 차라리 방상시를 닮았다고. 그러니까 당신이 이사했다는 그 집이 아니야.'

그걸 확인하고 싶은 거다. 여기가 거기가 아니라는 걸.

그런데 주인 가족이 여행 중이라 비어 있다던 저택 현관문이 안에서 열렸다. 뒤이어 머리를 노랗게 물들인 젊은 여자가 조심스러운 걸음걸이로 나왔다. 집에서 나온 후에도 그녀는 긴장을 늦추지 않았다. 마치 비밀집회에 참석하는 컬트 교도처럼 주위를 살피더니 건물 뒤쪽으로 걸음을 옮기기 시작했다.

'설마, 이 밤에, 우리 집으로 가는 건 아닐 테고.'

지하로 내려가는 통로는 두 개였다. 하나는 우리 집이 되어버린 지하방으로 이어져 있고, 다른 하나는 중개인이 여긴 창고라 사람이 살지 않는 곳이라 설명했던 곳이다. 짐작건대 그곳을 찾아가는 게 아니라면 이 밤중에 건물 뒤편으로 돌아올 일이 없다. 여기가 아니면 거기겠지.

짐작대로 노랑머리는 창고 문 앞에 서 있다. 심하게 떨리는 손안에서 쇠끼리 부딪치며 나는 소리가 어렴풋이 들린다.

어둠을 한껏 들이키는 것 같은 아주 깊은 호흡, 뒤이어 창고의 자물쇠를 쥐는 하얀 손, 달빛 아래에서 더 창백해 보이는 그녀의 옆모습은 내가 아는 누군가와 닮아 있었다. 시요. 그래, 시요다. 좀 더 자세히 보고 싶다.

하지만 그녀는 핸드폰 조명을 밝혀 창고 문 안으로 들어섰다. 그녀가 들어간 창고 문 앞으로 다가서자 불빛에 희끄무레하게 드러난 계단이 보인다. 어둠에 익숙해진 후에야 여자의 등까지 볼 수 있었지만, 그것도 잠시, 불빛은 계단 아래에서 사라졌다.

어정쩡하게 쪼그리고 앉아 상어 목구멍 같은 계단을 내려다봤다. 더 정확하게는 계단 아래의 어둠이 내 시선을 붙잡고 있었다. 얼마나 그러고 있었는지 모르겠다. 빠른 속도로 계단을 타고 오르며 벽을 들이받아 메아리처럼 되울리는 비명이 귀에 꽂히고 나서야 벌떡 몸을 일으켰다. 계단을 내려서다 말고 문득 올려다본 하늘엔 상현달이 이쪽 편을 주시하고 있었다. 그나마 저 달빛에 의지할 수 있겠다, 그런 생각을 했던 것도 같다. 그렇지 않다면 아래쪽으로 갈수록 농도가 짙어지는 어둠을 뻔히 보고도 내려갈 엄두를 내지 못했을 것이다.

계단 맨 아랫단에 도착하기도 전에 문 저편에서 '아'를 탁탁 끊어내며 연이어 내뱉는 소리가 흘러나왔다. 문을 열자 양쪽 문이 활짝 열려 있는 냉장고와 바로 그 앞에 엉덩방아를 찧은 듯 앉아 있는 노랑머리의 등이 눈에 들어왔다.

뒤이어 그녀가 들고 있다 떨어뜨린 것 같은 둥근 모양의 검은 비닐봉지가 혼자 데구루루 굴러 내 발밑에 부딪혔다. 반쯤 벗겨진 비닐봉지 밖으로 검은 실 뭉치 같은 게 삐져나왔다. 하지만 그렇게 생각한 건 아주 짧은 순간에 불과했다. 곧 실 뭉치 아래로 드러난 사람의 이마를 얼핏 보았고, 그와 동시에 터져 나오려는 비명을 애써 막으며 한 걸음 뒤로 물러섰다.

김 사장?

그 순간, 어째서 김 사장이 생각났는지 모르겠다. 수개월 전 사라져버린 사람이 목이 잘린 채 기껏 검은 비닐봉지 안에 있을 거라곤 상상조차 한 적이 없었는데. 게다가 검은 비닐봉지 안에 있는 것은 사람의 머리가 아닐 수도 있다. 냉동실 안에 세워진 검은 비닐봉지들이 사람의 팔과 다리, 몸통과 얼추 비슷한 길이를 가졌다 해서 그것이 절단된 신체라고 생각하는 건 이상한 일이다.

그런데 더 이상한 일이 발생해버렸다. 어느 사이엔가 나는 두 무릎을 꿇고 뜨뜻하면서도 진득한 물 같은 게 관자놀이를 간질이며 뚝뚝 떨어지는 바닥을 노려보고 있게 된 것이다. 그 바로 이전 '탕'하는 소리가 명쾌하게 들렸던 것 같기도 하다.

하지만 알 수 없는 일이다. 그런 소리를 들었다고 무릎을 꿇을 것까지야. 무겁게 내려앉는 것 같은 머리를 억지로 들자 내내 등을 보이던 노랑머리가 내게 시선을 맞춘 채 토악질을 해대는 것이 보인다.

사람을 앞에 두고, 이 무슨….

훅 스며드는 불쾌감에 속이 메슥거렸다. 뒤이어 무언가가 또다시 내 머리통을 가격했고, 그 순간을 기다렸다는 듯 비명을 질러대는 노랑머리의 벌어진 동공 속에서 꼬꾸라지고 있는 내 모습을 목격했다. 아마도. 그 순간 나는 그곳에 있는 사람 중 누구보다 더 좋은 시력으로 나를 보았을 것이다.

죽었어. 시요의 목소리는 겨울을 몰고 온 하얀 여왕처럼 서늘하다. 아니, 아니야. 이렇게 살아 있는걸. 나는 이렇게 대답해주고 싶다. 죽었다면 이 모든 상황을 지켜보지 못했을 테니까. 하지만 나보다 먼저 말을 뱉어낸 사람이 있다. 빨리

처리하자. 노랑머리는 아니다. 그녀는 목구멍 속에 넣어둔 쇳덩이를 달그락거리느라 정신이 없다.

괜찮아? 하얀 여왕이 묻는다. 하지만 그건 나를 향한 말이 아니다. 뭐야. 언니. 이게 뭐야! 노랑머리의 질문에 하얀 여왕은 대답하지 않는다. 그래, 뭐야? 이게 뭐야? 나 또한 시요에게 묻는다. 하지만 시요는 대답 대신 자신의 얼굴을 내 쪽으로 들이밀고는 아주 오랫동안 쳐다본다.

좋은 데로 가. 어딜 가라는 거야. 이번에도 역시 내가 말하기 전에 뒤쪽에 서 있는 여자가 먼저 말했다.

명복은 나중에 빌어. 검은 보라색 무화과를 한입 깨문 것처럼 입안 가득 달콤하면서도 씁쓰레한 맛이 진득하니 감긴다. 뒤이어 코끝을 스치는 비릿한 냄새가 갈고리처럼 더부룩한 속을 긁어대기 시작한다. 구토가 인다. 하지만 내 몸은 그 어떤 것도 뱉어내지 못한다. 눈꺼풀만 무겁게 가라앉고 있다.

그러한 때, 뒤쪽에 서 있던 여자가 시요 옆으로 다가선다. 50대 중후반으로 보이는 여자의 손에 들려 있는 것은 선혈이 낭자한 망치다. 인정이 데리고 나가 있어.

어딜, 어딜 가는 거야? 등을 보이고 일어서는 시요의 발걸음을 붙잡으려 팔을 뻗쳐본다. 하지만 손끝에 잡히는 것은 허공이다. 노랑머리를 억지로 끌어내는 시요에게선 일말의 동정심조차 느껴지지 않는다. 엄마! 그러지 마. 더는 안 돼! 그나마 나를 위해 발악해주는 이는 노랑머리뿐이다.

쉿! 쉿! 하얀 여왕이 그녀의 권한인 서늘한 바람을 휙휙 불어대자 노랑머리는 목구멍 속에서 삐질 나오는 음성을 기묘한 신음으로 전환해 잇새로 뱉어낸다. 하지만 그 소리도 문 닫히는 소리와 함께 뚝 끊긴다. 이제 이 공간에 남은 것은 나와 망치를 든 여자뿐이다.

사람을 죽이는 일은 운명,

또는 신만이 할 수 있는 일 아닌가요?

돈키호테의 종자였던 산초가 자신은 사람을 죽인 적이 없다며 근거로 들이대었던 말이 그 순간에 생각났던 것은 나의 운명, 또는 나의 신이 망치를 든 여자로 나타났기 때문이다. 그래서 말한다. 살려줘. 죽이고 싶어 하는 이유 같은 건 듣지 않아도 좋다. 나의 신이 원한다면 지금 이 순간의 기억 같은 건 깡그리 지워버리겠다. 살려만 준다면….

그럼 우리가 죽어. 넌 언젠가 우리가 김 사장을 죽였다는 걸 말하고 말 테니까. 그러니까 쥐뿔도 가진 것이 없는 주제라도 넌 죽어야 해.

아무것도 가진 것이 없어도 말을 머금은 존재라서…. 그래서…. 내 시야에 잡힌 마지막 형상은 망치를 든 손을 높이 치켜든 신. 천둥 치는 소리와 함께 산 그림자처럼 거대하게 내려앉은 어둠이 나를 집어삼키기 전까지.

3장

도깨비, 끝나지 않은 이야기

〈치다꺼리 지침서〉 제2권

〈치다꺼리 지침서〉 4장 1에 명기된 바론 저 세상에서 지침을 어긴 치다꺼리는 즉시 강제 소환이다. 치다꺼리의 일을 끝내면 어차피 적요로 돌아가게 되어 있다. 조금 더 일찍 돌아온들 대수로울 것도 없다. 인간의 형체가 되었든 염소의 형체가 되었든…. 어떠한 것이든 형체를 지닌 존재이기만 하다면.

그런데 지금의 나는 형체조차 빼앗겨버렸다. 무게나 윤곽이 해체되고, 안과 밖이 사라져 버린 무형의 상태이기에 어떠한 공간도 점유하지 못한다. 그저 공기 중에 퍼져 있을 뿐이다. 아니, 이 말도 정확하지 않다. 공기 중에 떠돌려면 미세한 입자로라도 존재해야 하는데, 나는 그조차도 아니다. 입자의 형태도 없고, 흐름을 따라 흩어지는 운동성도 없으며, 바람이 지나가도 그 바람의 경로에 흔들릴 작은 저항조차 지니지 못했다. '퍼져 있다'는 말은 퍼질 수 있는 최소 단위가 존재할 때 가능한 표현이다. 하지만 지금의 나는 그 최소 단위조차 지니지 못했다.

어쩌면 '없다'에 가까운 상태일지도 모르지만, 전혀 없는 것도 아니다. 없는 데 있는, 혹은 있는데 없다고 해야 하는 모순된 상태다. 형체는 없지만, 생각은 있다. 생각은 있으나 목소리는 없다. 목소리는 없으나 기억의 구조는 남아 있다. 차라리 모든 것이 사라져버렸다면 좋았을 것이다. 무언가는 사라지고, 무언가는 남아 있는 이 상태, 그 어떤 단어로도 지칭할 수 없는 이러한 상태는 지나치게 혹독하다.

혹독한데, 이 단어에 마땅히 따라올 만한 감정은 느껴지지 않는다. 이상한 말이지만 무형의 가슴에 누군가 단단한 주사위를 꽂아 내가 지녔던 감정이란 감정은 전부 쭉쭉 빼내고 있다. 그렇게 빠져나간 감정은 감정보관 서재에 보관될 것이다. 그곳에 분류되어 보관될 감정들은 더는 내 것이 아니며, 되찾을 수도 없다. 이것은 느낌이 아니다. 누군가 무형의 머리로 들이붓다시피 쏟아부은 정보로 알게 된 사실이다. 그러니까 이 공간은 형체는 없어도 생각하고 있는 존재인 내게 정보만큼은 관대하게 제공하고 있다.

그래서 나라는 존재 자체가 아예 소멸하지 않았다고 '생각'한다. 이건 정보에 의한 결론이 아니다. 말 그대로 생각이다. 생각하기에 존재하는 것인지 존재하기에 생각하는 것인지…. 무엇이 먼저이고 무엇이 나중인지는 알 수 없지만 어쨌든 나는 생각하고 있으며 여전히 존재하고 있으며…. 빌어먹게도 나를 지켜보는 시선 또한 감지한다. 나조차 나를 볼 수 없는 데도, 이 공간의 시선은 나를 보고 있다.

이 때문이다.

시선은 형체가 없는 존재인 나를 만들어낸다. 없지만 있게 한다. 이는 내 생각도 아니며, 지금 주입된 정보로 알게 된 것도 아니다. 그저 알고 있다. 아주 먼 옛날부터 이 공간, 적요가 유지되어 온 방식임을. 적요가 지닌 가장 큰 힘이다. 이 공간에 있는 모든 것은 적요의 시선에서 벗어날 수 없다.

모든 방향에서 동시에 나를 관통했던 시선이 허공에 무언가를 새기기 시작한다. 처음에는 한 자, 혹은 한 획이 금속성의 선처럼 번쩍인다. 눈이 없는데도 본다. 아니, 눈이 있어도 보진 못했을 것이다. 적요의 시선이 글자를 만들어내는 지점엔 내가 있다. 그러니까, 글자들은 '형상은 없지만 생각하는 나'에 박히는 중이다.

단어는 나의 뼈대가 되고, 문장은 나의 형상을 만들어낸다. 이건 마치…. 그래, 마치 나라는 존재가 어떠한 의지를 담은 책으로 활자화되고 있는 것 같다. 아니, 같은 게 아니라 그럴 것이다. 아니, 그렇다.

나는 책일까. 인간일까. 새롭게 생긴 손가락으로 내 얼굴의 윤곽을 더듬는다. 아직 눈을 뜨지 못했지만, 인간의 형상임을 알 수 있다. 반면, 내 기억은 활자화된 글로 가득 차 있다. 그 첫 번째 글은 이렇게 시작된다.

〈치다꺼리 지침서〉 제2권

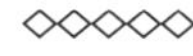

나는 치다꺼리였기에 이제껏 내가 죽었던 순간을 기억하지 못한 것이다. 이는 이 공간의 의지였다. 여느 미처리 시신의 주인이라면 마지막 순간—마지막 숨, 마지막 시선, 마지막 소리—그 모든 것을 그대로 지니고 이곳에 도착한다. 그러나 치다꺼리로 점찍힌 존재는 예외였다. 그 순간의 기억을 강제로 삭제당한다. 내 의지와 무관하게. 그런 주제에 이 공간은 기이할 만큼 인내심을 가지고 기다려 주었다. 내가 잃어버린 그 순간을 스스로 '떠올릴 때'를. 이는 기억의 회복이 아니라, 기억의 자격을 얻는 것으로, 일종의 통과의례다.

이 공간이 원하는 바, 치다꺼리는 자기 죽음을 자기 손으로 다시 열어젖히는 존재여야 한다. 그래야 스스로 문을 닫고 다음 단계로 나갈 수 있다. 〈치다꺼리 지침서〉 제2권 첫째 장에 새겨진 정보다. 그리고 이제 감정보관 서재를 관장하는 편장이 내게 지시를 내릴 것이다.

"눈을 떠."

나는 편장의 지시를 따르기만 하면 된다. 지침서의 정보에 따라 눈꺼풀을 위로 올리고, 눈동자를 정면에 둔다. 그렇게 '본다'라는 행위를 수행하자, 어둠 속에서 긴 머리카락을 돌돌 말아 비녀를 꽂은 여자의 형체 같은 것이 서서히 모습을 드러낸다.

'보인다'라고밖에 표현할 수 없는 이유는, 그녀가 마치 종이 위에 간결한 붓 터치 몇 획으로 그려놓은 것 같은 형상을 하고 있기 때문이다. 붓 터치의 먹물 자국들이 최소한의 선으로 여성의 형태를 만들고, 그 선들은 그 자체로 완결된 실체라기보다는 '여기 누군가가 있다'라는 사실만을 알려주는 최소한의 증거처럼 흔들리며 유지된다. 획의 끝은 약하게 번져 있으며, 그 번짐은 마치 숨을 쉬는 것처럼 미세하게 떨린다.

그녀가 들고 있는 책 역시 '책'임을 알 수 있는 형태만 지녔다. 책의 윤곽은 있지만, 두께는 일정하지 않고, 표지의 모서리는 실제로 존재하는 종이의 각이 아니라 붓질의 기세가 남겨놓은 궤적처럼 느껴진다.

나는 지침대로 책을 향해 팔을 뻗는다. 그러자 편장은 책을 툭 놓아버린다. 책이 내 손에 닿는 순간, 흐릿하던 형태는 즉시 응고되며 붉은 표지와 견고한 모서리를 지닌 '분명한 책'으로 변한다.

"내 책이군요."

제목이 없는데도 안다. 뒤이어 그녀가 시선을 둔 곳-더 정확히는 그녀의 얼굴이 향한 방향-을 따라 고개를 돌린다. 그곳엔 아래에서 위로 부채꼴처럼 펼쳐진 계단이 있다. 얼핏 원형극장의 객석처럼 보이지만 한 계단 한 계단이 모두 책을 보관하는 책장이다. 그 책장의 책들은 모조리 붉은색 표지를 두르고 있다.

"〈치다꺼리 지침서〉 제2권 서문.

책은 스스로 자리를 찾는다."

이번에도 역시 절로 입 밖으로 튀어나오는 말을 멈추지 못한다. 말을 하는 것이 아니라 지침서가 내 입을 빌려 문장을 흘려보내는 것 같다.

꿈틀, 책이 아주 작은 몸부림을 일으킨다. 내게 계단으로 가라는 신호를 전달하는 것이다. 편장도 희미한 형체로 고개를 끄덕인다. 책과 편장, 그리고 이 공간 전체가 내가 지금 가야 할 곳을 정해주고 있다.

당연히.

그래, 당연히 나는 거부하지 않는다.

모기를 죽였던 소년

천천히 걸음을 옮겨 계단 쪽으로 간다. 첫째 단에 발바닥이 닿는 순간, 계단의 표면이 아주 얇은 숨을 들이쉬는 듯 미세하게 움직인다. 생명이라기보다 '기록'이 반응하는 떨림이다. 두 번째 단을 밟으려는 순간이다.

휘익.

한 소년이 내 바로 앞을 빠르게 스쳐 지나가더니 계단 위쪽으로 후다닥 올라간다. 반사적으로 그 뒤를 쫓는다. 내 발이 닿는 곳마다 계단과 그 계단에 진열된 책들이 동기화되어 웅~ 웅~ 소리를 낸다. 그 울림 사이로 소년의 목소리가 실처럼 얇게 꿰어져 들려온다.

“그냥 다른 세상으로 가고 싶어.”

익숙한 목소리다. 오래전, 나는 이 목소리를 매일같이 들었었다.

“여기에 있고 싶지 않아. 그렇다고 저기에 가고 싶지도 않아. 그냥 다른 세상, 다른 세상은 없어?”

내게 묻는 것이 아니다. 소년은 자신을 뒤쫓는 자가 있다는 것도 알지 못한다. 위로, 위로. 끊임없이 중얼거리면서도 재빠른 걸음으로 계단을 오르고 있다. 소년과의 간격이 점차 벌어진다.

“잠깐, 잠깐만.”

소년이 발걸음을 멈춘다. 좁은 어깨, 가녀린 허리, 앙상한 다리…. 소년은 양껏 음식을 먹지 못했다. 엄마를 대신해 자신을 맡아준 외삼촌이 슬쩍 흘리듯 내뱉은 말 때문이다.

“너 먹여 살리려면 누나가 돈 많이 벌어야겠다.”

이후로 소년의 위장엔 음식 대신 화가 자꾸만 비집고 들어섰다. 종종 그 화는 역류해 목구멍까지 차올랐는데 그럴 때마다 소년은 의자를 발로 차고 싶고, 문을 세게 닫고 싶고, 손에 잡히는 것을 던져버리고 싶은 날 선 욕망에 시달렸다.

하지만 단 한 번도 행동으로 옮기진 않았다. 그냥 입술을 앙다문 채 종이가 찢겨날 정도로 연필로 긁어대는 버릇이 생겼을 뿐이다. 그렇게 홀로 제 소용돌이에서 이리 부딪히고, 저리 부딪히며 견디던 어느 여름밤이었다.

연필심으로 종이를 긁어대던 소년의 뺨에 모기가 달려들었다. 처음엔 그저 손을 휘저어 쫓아 보냈다. 하지만 모기는 끈질기게 되돌아와 소년의 손등과 팔목, 발가락의 피를 재빨리 빨고선 사라지기를 반복했다. 물린 곳은 단 세 곳이었을 뿐인데도 온몸이 근질거렸다.

소년은 책상에서 일어나 작은 방 안 구석구석을 훑었다. 벽, 침대 프레임, 의자를 세심하게 살펴보다 결국 살포시 앉아 있는 모기를 발견했다. 책상 모서리였다. 소년은 숨을 죽이고 손바닥을 높이 들었다. 그리고 있는 힘껏 내리쳤다.

탁.

순간, 날카롭게 달려드는 통증에 신음을 뱉어냈다. 재빨리 손바닥을 펼쳤더니 얇고 끈적한 죽음이 손바닥의 굴곡 속에 구겨져 붙어 있었다. 그리고 이상하게도 모기가 품고 있었을 것보다 훨씬 많은 피가 번져 있었다. 엄마…. 소년은 울먹였다. 하지만 울음을 꾹 참고는 다른 가족이 깨지 않게 조심하며 욕실로 향했다.

소년은 세면대의 수도꼭지를 아주 조금만 틀어 물소리가 밖으로 새지 않게 하고, 모기를 씻어냈다. 뒤이어 비누 거품을 잔뜩 내서 손바닥을 문질렀다. 그런데 아무리 씻어도 핏자국은 지워지지 않았다. 오히려 씻을수록 그 자국이 더 선명해지는 것 같았다. 당혹스러웠다. 계속 씻고, 또 씻던 소년은 누군가의 울음을 듣고는 고개를 들었다. 자신을 똑 닮은 소년이 거울 안에서 울고 있었다.

나는 소년과 같은 기억을 공유하고 있다. 〈치다꺼리 지침서〉에는 있지 않은 기억, 그리고 지침대로 할 수 없는 기억.

"너는⋯."

소년이 뒤돌아서서 손바닥이 보이게 팔을 내민다. 선명하게 나 있는 붉은 자국은 한 생명체의 죽음을 기록해둔 흔적이다. 활자화되지 않은 기록은 책으로 엮일 수조차 없다. 기록. 책. 그리고 흔적. 이 모든 것을 관통하는 미련. 완전히 소멸할 수 없는 몸부림의 또 다른 말이다.

"쫓아오지 마."

소년이 말한다.

"왜, 쫓아오는 거야? 내가 너를 죽인 것은 아니잖아."

"그게 아니야. 그 때문이 아니야. 내가 죽인 건 그저 모기."

울 것 같은 표정이다. 하지만 다행히 울지는 않는다.

소년이 있는 쪽으로 올라간다. 소년은 한순간 망설이는 표정을 지었지만, 곧 결심한 듯 그 자리에 가만 서서는 나를 내려다본다.

"아! 너, 모기구나. 미안해. 미안해."

이제 나는 소년이 서 있는 곳까지 올라와 있다. 그래그래. 너인 줄 알았다. 소년은 무슨 뜻인지 알 수 없다는 표정이다.

〈치다꺼리 지침서〉 제2권 6쪽.

책은 자신의 자리를 찾는다.

그리하여 소년이 서 있는 자리는 K733-8465209-카9,855를 제목으로 가진 책이 있을 곳이다. '요' 줄 열일곱째 칸. 소년이 지켜보는 가운데 열일곱째 칸에 책을 꽂는다.

"미안, 모기. 널 죽이지 말았어야 했는데. 그런데 그게 잘못한 일이야? 나, 떠나고 싶어. 다른 세상으로. 네가 없는 곳으로. 네가 지독하게 쫓아오니까, 내가 숨 쉴 수가 없잖아.”

소년의 발, 소년의 무릎, 소년의 손이 차례차례 허공으로 사라져 가는 가운데 소년은 여전히 어리둥절한 표정으로 말한다. 소년의 몸통, 소년의 목, 그리고 소년의 머리까지 그 형체가 완전히 사라지자 소년의 말도 허공 속에 묻혀버린다.

“왜…. 왜….”

〈치다꺼리 지침서〉 제2권 1장.

이 모든 관문을 거친 치다꺼리의 수습 기간은 끝났다.

편장의 인도하에 새로운 담당 편집자에게 배정된 치다꺼리는 저 세상에서 그의 시신이 발견되기까지 감정보관 서재를 다시 찾을 수 없다.

‘시신이 발견되기까지 감정보관 서재를 다시 찾을 수 없다’는 건 저 세상의 시간으로 9,855일- 내 시신이 발견되는 날-이 지나면 다시 여기로 올 수 있다는 말도 된다. 적어도 여타의 미처리 시신의 주인들처럼 그 영혼이 활자로 발려지는 일은 없다는 것, 그것이 이 공간이 치다꺼리, 혹은 편집자로 일한 미처리 시신에 부여하는 일종의 차별이자 질서다.

그러나 결국 이 서재 안에서 '나'라는 존재가 완벽히 사라지는 것만은 같다. 책에 발린 미처리 시신들이 저 세상에서 그들의 시신이 발견되면 책이 감쪽같이 사라져버리듯, 이곳에 보관된 나의 감정과 기억, 그리고 나라는 존재 또한 결국엔 숫자 0으로 돌아가 버릴 것이다.

나는 편장이 서 있는 쪽으로 걸음을 옮긴다. 편장 뒤에서 무대의 뒷벽처럼 버티고 서 있는 '문'으로 가기 위해서다. 문 바깥에는 끝도 없이 펼쳐진 사암책장과 편집자들, 치다꺼리들이 있다. 정보를 가졌다는 건 이런 것이다. 보지 않아도 알게 된 것이 많아졌다는 거.

무대 벽 앞에 서자 문은 능숙하고 빠르게 외눈박이 거인의 얼굴로 변해버린다. 뒤이어 검은 눈동자의 동공이 열리고 사암책장들의 길이 눈앞에 펼쳐진다. E2667 구역.

길의 곳곳에는 편집자와 치다꺼리가 짝을 이루어 책상 하나를 사이에 두고 분주하게 일하고 있다. 치다꺼리 수습이었을 땐 볼 수 없었던 풍경이다. 길로 한 발짝 딛는다. 그러자 거대한 눈꺼풀이 내려 닫히는 것 같은 끈적거리는 소리가 뒤에서 들린다. 돌아보니, 문은 온데간데없다. 대신 끝도 없이 펼쳐진 길과 그 길 위에서 바쁘게 움직이는 편집자들과 치다꺼리들만 있을 뿐이다.

다시 앞을 향해 걷는다. 나에게 관심을 보이는 자는 없다. 그들에겐 자신에게 배정된 '담당 편집자'나 '담당 치다꺼리'만이 보일 뿐이다. 그 외의 존재는 인식되지 않는다.

셋 이상이 눈을 맞추고 입을 열기 시작하면 감정이 입자 형태로 되살아날 여지가 생기고, 불온한 이야기와 흐름이 번질 위험이 있다. 이 공간은 그것을 철저히 통제한다. 감정을 거세해 얻어낸 질서가 변형된 형태로 되살아나는 것을 사전에 봉쇄하기 위해서다. 단 한 순간, 감정보관 서재를 오갈 때만 이 신경질적 질서가 잠시 느슨해질 뿐이다.

E1 구역, 가 2-겨 2 책장을 지나치자마자 익숙한 얼굴이 눈에 들어온다.

김 사장이다.

김 사장은 저 세상 인간들이 미처리 시신 주인의 존재를 미세하게 감지하고 흠칫 놀랐을 때처럼 갑자기 이쪽으로 고개를 돌린다. 〈치다꺼리 지침서〉 제2권의 정보가 없었다면 그가 나를 '보고 있는 것'이라 착각했을지도 모르겠다.

이젠 영원히 그를 볼 일이 없다. 저 세상에서 인연을 맺은 사람들과 만날 일이 다시는 없는 것처럼 그 역시 내겐 그런 존재가 되어 버렸다.

일정한 보폭을 유지하며 걷는다. 지금 내게 주어진 일은 이뿐이다.

걷는 것.

걸어가는 동안 보이는 모든 편집자와 치다꺼리는 철장 속 동물들처럼 그저 스쳐 지나가는 구경거리일 뿐이다. 수습 기간을 마친 치다꺼리나, 혹은 이 세상에서 맡은 일을 모두 끝내고 기억 보관 서재로 돌아가는 편집자들도 지금의 나와 같은 속도로 이 긴 길을 걸었다. 그들도 아마, 무심코 나를 올려다보고 내 시선과 마주쳤다고 느꼈을지 모른다. 하지만 나는 그 사실조차 알지 못한다.

이 세계의 구조 속에서 우리는 서로의 존재를 허락된 순간에만 마주할 수 있게 되어 있다. 〈치다꺼리 지침서〉 제2권에 따르면.

지침서에 없는 것은 알 수 없다. 모든 것을 알려주는 것처럼 포장된 〈치다꺼리 지침서〉는 결국 이 공간의 의지에 따라 선별된 '부분적 정보서'일 뿐이다. 그 사실을 깨달았다 해서 내가 무엇을 더 할 수 있겠는가.

나는 그저 정해진 보폭으로 걷는다. 보이지 않는 이 공간의 규칙들이 내 발걸음을 조용히 조율한다. 저 앞에는 내 새로운 담당 편집자가 기다리고 있을 뿐이다.

새 편집자, 알

우리의 책상이 있는 곳은 E1 구역의 가 9-겨 9와 가 10-겨 10의 사암책장 사이, 꽤 넓게 파인 협곡 같은 공간이다. 여기서 '우리'란 나와 담당 편집자인 '알'을 뜻한다. 편집자 알은 저세상 나이로 27세에 이곳으로 왔다. 그 나이 때의 외모를 그대로 유지한 형체는 균형이 잘 잡혀 있고, 이목구비는 섬세하면서도 뚜렷하다. 이미 오래전에 사라진 젊음의 혈색 같은 건 없지만, '아름답다'라는 형용사가 저절로 떠오를 만큼 안정된 외형이다. 물론 이 세상에서 외형이 무슨 의미가 있겠냐만.

알의 정식 표기는 K 305-876390-알 12,477로 3,000일 동안 치다꺼리 임무를 수행한 끝에 편집자가 되었다. 나는 그에게 배정된 여섯 번째 치다꺼리다. 그래서 그는 나를 '육'이라 부른다. 이곳 적요에서 편집자가 치다꺼리를 부를 때 흔히 사용하는 방식이다.

지금 알은 백지들을 묶어 앞뒤로 표지를 입히는 작업을 하고 있다. 저 세상이었다면 인쇄와 접지를 거친 후 마지막에 제본했겠지만, 이곳에선 순서가 다르다. 이곳은 먼저 제본을 한다. 그리고 그 제본된 책 위에 미처리 시신의 영혼을 버터처럼 부드럽게 발라 활자를 채우는 방식으로 기록을 만든다. 나는 한동안 제본에 손댈 일이 없다. 애초에 그것은 치다꺼리의 업무가 아니고 감히 끼어들어서도 안 되는 일이기 때문이다.

이렇게 시간은 또 흘러간다.

이곳, 적요에선 저 세상처럼 빛의 농도를 통해 시간의 이동을 감지할 수 없다. 당연히 낮과 밤의 변화도 없고, 달력도 시계도 볼 수도 없다. 그런데도 이 세상은 시간을 토대로 작동하는 운영체제를 가지고 있다. 그 덕분에 적요는 저 세상과의 연속성을 유지할 수 있다. 바로 그 점이 문제다. 시간이 존재한다는 사실이 이 공간을 '일하지 않는 순간을 견딜 수 없는 곳'으로 만들어 버렸다.

시간이 없던 시절에는 모든 것이 그저 존재했을 뿐이었다. 기다림도, 지루함도, 초조함도 없었다. 하지만 시간이 생기고 나서는 '시간이 흐르는 간격'이라는 감각이 생겼고, 그로 인해 무언가를 하지 않고서는 있을 수 없는 존재가 되어 버렸다.

"눈속임 같은가?"

편집자 알은 아무렇지도 않게 내 생각을 밖으로 끄집어낸다. 겉으로는 시간이 멈춰 있는 것처럼 보이지만 사실 이곳은 그 어느 세상보다 '시간'에 민감하다는 것. 이곳의 일하는 존재들이 모두 평등하다 말하지만 실제로는 층위가 분명히 나뉘어 있다는 것. 편집자와 치다꺼리가 수없이 흩어져 각 구역에서 각자 맡은 업무를 하고 있지만 정작 서로를 볼 수 없다는 것.

그리고 무심하게 위와 아래를 구분 짓고 있는 듯 보이는 저 하늘이 사실은 거대한 존재의 한쪽 눈동자라는 것. 이런 것들, 기타 등등. 수많은 사물과 질서들이 표면에서 말하는 의미와 실제로 작동하는 의미가 서로 다르다는 사실. 그렇다면 이 모든 것은 일종의 눈속임이며, 일종의 거짓일 수도 있다.

하지만 이런 생각-나름대로 판단하고 규정하는 것-은 내게 어떠한 행동을 하도록 끌어내진 않는다. 행동을 끌어내는 것은 생각이 아니라 감정이다. 그렇다는 걸 알도 잘 알고 있다. 그런데도 알은 내가 더 깊이 생각하지 못하도록 질문 하나로 그 흐름을 잘라낸다. 생각이 때로 거세된 감정을 재생시켜서다. 감정이 생겨버린 치다꺼리는 〈치다꺼리 지침서〉를 완벽하게 수행할 수 없다. 그래서 생각은 위험하다.

그런데도 이 공간은 생각을 감정처럼 거세하지 않았다. 생각은 곧 형체를 만들어낼 수 있는 원자이기 때문이다. 생각마저 거세된 존재는 형체를 가질 수 없다. 최소입자인 원자, 생각은 이 공간의 기억, 또는 정보를 담을 그릇이 된다. 이 그릇이 있어야 형체 또한 만들어질 수 있다.

"맞아. 생각은 위험해. 되도록 생각하지 않도록 〈치다꺼리 지침서〉만 되새겨. 〈치다꺼리 지침서〉는 치다꺼리에 지침서 그 자체가 되기를 요구하지. 치다꺼리는 곧 지침서야. 지침서가 곧 치다꺼리고. 그러니 생각하고 판단하는 건 치다꺼리의 몫이 아니지."

"지침서 그 자체가 된다."

“또 생각이라는 것을 하고 있군.”

편집자 알은 책 한 권을 내 앞으로 던진다. 그의 그러한 행동은 꽤 효과적이다. 책을 덥석 쥐어 든 순간부터 머릿속을 떠돌던 온갖 생각이 흔적없이 사라졌다.

〈도깨비, 사라지지 않는 이야기〉

책의 모서리 부분이 해져 있다. 오래되고 낡아 그런 것이 아니다. 이 책의 주인이 하루에도 몇 번씩이나 손때를 묻혀가며 읽었기 때문이다. 이런 책은 탱글탱글한 맛은 없지만, 오미자처럼 여러 맛이 섞인 깊은 맛을 낼 것이다.

먼저 한 입 깨물어 본다. 〈치다꺼리 지침서〉에 기재된 정보 그대로다. 시면서도 달고, 쓰면서도 짜고, 감칠맛이 도는 매운맛까지 난다. 순간 편집자 알과 눈이 마주친다.

새벽녘, 동트기 직전의 하늘처럼 어둡고 희뿌연 눈동자. 그 속에는 어딘지 모르게 잔혹한 기운이 숨어 있다. 아마도 그의 눈빛이 젊은 육체에 어울리지 않는 ‘노인의 눈빛’이기 때문일 것이다. 그것도 많은 것을 알기에 인자해진 노인의 눈빛이 아니라, 아무것도 두려워하지 않게 된 노인의 눈빛.

"이젠 따분하지 않은가?"

편집자 알이 묻는다.

따분하다…?

달빛 아래 피어난 박꽃처럼 하얗고 차갑기만 한 형체에 활기를 채울 수 있는 건 오로지 정보뿐이다. 방금 먹은 〈도깨비, 사라지지 않는 이야기〉에는 나의 세 번째 미처리 시신의 주인 K684-2789033-푸 13에 대한 정보가 있다. 이 정보로 인해 나는 또 지금까지와는 다른 무언가로 만들어지고 있다.

따분하다. 아니, 그렇지 않다. 따분한 것은 내가 아닌 이 공간, 그래서 이처럼 거추장스러운 지침들을 세운 것이 아닌가.

문 저편의 여자

K684-2789033-푸 13의 문은 검푸른 빛을 띤 물이 직사각의 형체로 허공 속에 우뚝 서 있는 모양새다. 문 저편에는 키가 작고 마른 여자의 형체가 허우적대고 있다. 문은 세찬 바람이 훑고 지나간 깊은 풀숲같이 이리저리 일렁이지만, 직사각의 형체를 일그러뜨리지는 않는다. 마치 갑갑한 본질은 그대로 두고 주변머리만 건드리는 형상이다.

문이 있는 쪽으로 향한다. 수습 기간을 끝내고 본격적으로 치다꺼리 임무를 맡게 되었다 해서 특별한 능력이 주어지는 것은 아니다. 다만 이전과 달리 미처리 시신의 주인을 마중 나가는 적극성 정도는 가지게 되었다. 일종의 직업의식이라고 할까, 아니면 한동안 이 공간에 있어야 하기에 생겨난 주인 의식이라고 할까. 어찌 되었든 김 사장과 있을 때보다 훨씬 더 자연스러워졌다는 것을 느낀다. 여전히 감시자의 눈은 내 뒤통수에 꽂혀 있으며 그 감시자가 김 사장보다 더 잔인하고 신랄한 눈빛을 가진 존재여도 말이다.

문 바로 앞에 도착하자마자 문 저편에서 허우적거리던 푸 13이 두 손바닥으로 문을 밀어젖히는 것이 보인다. 뒤이어 푸 13은 누군가에게 떠밀기라도 한 것처럼 휘청거리며 이 세상으로 들어서더니 자신의 목을 부여잡고는 거칠게 숨을 내뱉는다.

죽을 것 같아, 죽을 것 같아. 푸 13의 머릿속으로 빠르게 지나치는 이 문장은 독사처럼 혀를 날름거리며 그녀의 목을 휘감아 돈다. 그 때문에 더더욱 숨이 막혀버린 것 같은 착각에 휩싸인 푸 13이 결국 바닥을 뒹굴고 있는 것을 가만 지켜본다. 몸부림치고 또 몸부림치는 이유는 고통을 느끼기 때문이다.

하지만 그녀가 지금 느끼는 고통의 종류는 이 세상에서는 가지지 않아도 되는 것이다. 그러하다는 걸 깨닫는다면 고통은 사라지겠지만 동시에 그녀는 자기 죽음을 인지하게 될 것이다.

"푸 13."

내 목소리는 그녀의 귀에 담기지 않는다. 그녀에겐 지금 누군가의 말을 들을 의지가 없다. 그녀의 목덜미 뒤를 잡아 일으켜 세운다. 그러자 시퍼렇게 출렁이던 문이 탐욕스레 열리며 그녀를 끌어당긴다. 뒤이어 나도 문으로 뛰어든다. 다시 닫히기 시작한 문틈으로 편집자 알이 가 9 책장 쪽으로 걸어가는 모습이 보인다.

K684-2789033-푸 13의 시신이 물 위로 떠오르기까지는 아직 열흘이라는 시간이 남아 있다. 낮은 수온으로 부패 속도가 느려진 탓이다. 퉁퉁 부은 피부에서 떨어져 나온 세포 조직들로 그녀 주변의 물은 유난히 탁하다. 그녀의 시선은 큰 덩어리로 널브러져 있는 자신의 시신이 아니라 찌꺼기로 부유하는 세포 조각 중 가장 큰 조각의 움직임을 쫓고 있다. 마치 자유롭게 유영하는 물고기를 바라보는 것 같은 표정이다.

하지만 그녀의 머릿속은 하얗게 비어 있다. 무언가를 동경하거나 후회하거나 안타까워하는 감정 같은 건 들어 있지 않다. 심지어 저 세상의 문을 열고 들어왔을 때 보였던 집중력마저 사라진 상태다. 이런데도 하루를 줄 필요가 있을까. 어차피 적요에 있었어도 어떠한 소란도 피우지 않을 것이다. 하지만 이 같은 판단은 치다꺼리의 몫이 아니다.

〈치다꺼리 지침서〉 제2권 23쪽, 치다꺼리는 미처리 시신 주인의 처치에 관여할 수 없다.

언젠가 허 08은 이렇게 말했다.

"다 지워줘."

감정의 삭제와 동반되어야 하는 것은 생각의 삭제, 둘 중 하나만 남겨지는 건 치다꺼리에 주어진 가장 큰 형벌이다. 미처리 시신 주인들을 치다꺼리하는 노동의 대가가 이 같은 형벌인 이유를 나는 알지 못한다. 그나마 생각 대신 감정을 삭제시킨 것은 저 세상이 치다꺼리들에 주는 최소한의 자비일지도 모르겠다.

"그렇게 두려우면 나 혼자 갈게, 진."

푸 13의 눈에 잡혀 있는 것은 내가 아니다. 그녀는 지금 진을 보고 있다. 더 정확하게는 그녀가 죽은 날의 기억으로 돌아가 있다.

물길 저편에서 신기루처럼 출렁이고 있는 것은 그녀가 죽었던 바로 그 길이다. 약간 비탈진 길의 양쪽에는 고급 주택들이 즐비하게 들어서 있다. 가장 위쪽, 모퉁이를 만들며 빙 둘러쳐진 붉은색 벽돌담 집 대문 앞으로 그녀를 데려간다. 그녀는 공간이동을 하는 중에도 무언가 이상하다는 느낌조차 가지지 않는다. 심지어 덥석 내 손을 잡기까지 한다. 그리곤 또 중얼거린다.

"진, 혼자 들어가도 돼."

푸 13, 도깨비를 만나다

K684-2789033-푸 13은 매일 오전 11시에 집을 나섰다. 걸어서 1시간 30분 거리의 공원으로 가기 위해서다. 꽤 먼데도 그 공원을 선택한 건 언젠가 몸속의 일산화탄소를 중화시키기엔 삼림욕만 한 것이 없다는 고모의 말 때문이다. 산등성이 바로 아래 위치한 공원엔 산의 나무들을 스치며 지나온 바람이 곧잘 불곤 했는데 그 바람을 들이쉬면 폐에 들어찬 일산화탄소를 소독시켜주는 것 같은 느낌이 들었다. 게다가 그녀의 고정자리가 된 벤치 바로 옆에는 전화 부스도 있어 구인광고 낸 업체에 전화를 걸기도 편하다.

정말 전화만 걸었다. 어떤 업체에서도 그녀에게 이력서를 들고 한번 와보라고 말하지 않았다. 그도 그럴 것이 그녀는 수화기 저편에서 누군가가 정돈된 목소리로 말하는 순간 괜히 기가 죽어 가쁜 숨소리만 뱉어냈다. 저쪽 편에서 수화기를 놓는 소리가 들릴 즈음에야 다급한 목소리로 말했다. "여, 여보세요."

그러한 때-그러니까 좀 더 정확하게는 공원으로 출근한 지 1년이 좀 지났을 즈음-그녀는 맞은편 벤치에서 한 남자가 부르는 노랫소리를 들었다. 스물 한둘쯤 되어 보이는 남자는 얼굴이 넓적하고 목이 짧았지만 뚜렷한 이목구비 때문에 꽤 잘생긴 축에 속했다. 그는 푸 13과 눈이 마주치자 장난기 가득한 눈을 찡긋거리며 심술궂어 보이는 입술 양 끝을 한껏 올리고 웃었다. 순간 당황한 푸 13이 얼른 고개를 숙이자 남자의 노랫소리가 다시 들렸다.

"내가 누군지 알아? 내가 누군지 알아?"

허스키하면서도 어딘지 모르게 맑은 남자의 목소리는 이상하게도 그녀의 마음을 끌어당겼다. 심지어 남자도 자신을 좋아하고 있을지도 모른다고 생각했다. 그렇지 않고서야 그녀만 듣고 있는 노래를 그토록 끈질기게 부를 이유가 없다. 그래서 기다렸다. 그가 용기를 내어 자신에게 다가오기만을.

실제로 그런 일이 발생했을 때 어떻게 반응하는 것이 좋을지 고민도 했다. 그렇게 닷새가 지났다.

"내가 누군지 알아? 내가 누군지 알아?"

여느 날처럼 남자는 벤치에 앉자마자 노래를 불렀다. 하지만 여느 날과 달리 외투 안에 무언가를 숨기고 있었다. 뭐지? 뭘 가지고 온 거야? 그녀는 그의 외투 안에 있는 무언가를 궁금해했다. 덕분에 어느 순간엔가 노랫소리가 툭 끊겨버렸다는 것을 바로 알아차리지 못했다. 그러다 문득 동굴 깊숙한 그늘 속으로 쑥 들어선 것 같은 섬뜩한 기운을 느끼곤 고개를 들었다. 언제 왔는지 그다지 키가 크지도 않은 남자가 그늘을 드리운 채 그녀를 내려다보고 있는 게 보였다.

"난 도깨비 진이야. 소원을 들어줄까?"

푸 13은 도깨비라는 단어를 알고 있었다. 언제 어떻게 알게 되었는지는 모르겠지만 어쨌든 도깨비라는 단어를 주워들은 적이 있으며, 어디서 봤는지는 모르겠지만 어쨌든 도깨비를 본 적도 있었다. 정수리에는 뿔이 하나인가 두 개인가 있고, 뾰족한 어금니가 입술 밖까지 밀려나 있는 형상에다 한쪽 어깨가 드러나는 털옷을 입고 도깨비방망이를 가지고 있는 존재가 도깨비였다. 그런데 그 도깨비가 지금 그녀 앞에 서 있는 것이다. 뿔도 덧니도 도깨비방망이도 없지만, 어쨌든 자신을 도깨비로 소개한 존재가 그녀 앞에 나타나 소원을 들어주겠다고 한다. 소원. 그래, 소원.

그녀는 순간 이제껏 살아오면서 복 받을 만한 선행을 한 적이 있는지, 한 적이 있다면 그 일을 언제 했는지 떠올리려 애썼다. 분명 이러한 기적이 찾아온 데는 그만한 이유가 있을 것이다. 누군가의 목숨을 살려주었거나 누군가에게 도움을 주었거나. 그런데 만약 이도 저도 아니라면…. 소원에 대한 대가를 나중에 지불해야 되는 것은 아닌가. 아무리 생각해도 누군가를 도운 기억이 없으니 분명 후자 쪽일 것이다. 선 소원, 후 대가.

"세상에 공짜가 어디 있어. 소원을 들어주는 대신 뭘 원하는데?"

그녀는 똑똑해 보이려 애쓰며 야무지게 물었다. 그러자 도깨비 진은 반 토막 난 건빵을 가지런히 세워둔 것 같은 이빨을 훤히 드러내며 아주 길게 웃었다.

"고마워. 내가 도깨비인 걸 믿어줘서."

　푸 13은 당연히 믿었다. 믿지 않을 이유가 없었다. 비록 진이 그녀가 알고 있는 도깨비의 형상을 한 것은 아니지만, 그것이 도깨비가 아니라는 증거가 되진 못했다. 인간 세상에서 살아남으려면 보호색을 띠는 곤충처럼 사람의 형상을 취해야 했을 것이다.

　그런데도 문제는 남았다. 진이 도깨비라는 것까지는 알겠는데 도깨비가 도대체 무슨 일을 어디까지 할 수 있는지 도무지 감이 오지 않았다. 그러니까 좀 더 정확하게는, 도깨비가 들어줄 수 있는 소원의 크기가 어느 정도인지, 또 어떤 소원을 빌어야 뒤탈이 없는 것인지 등등에 대해 알아볼 필요가 있었다.

　"시간을 줘. 지금 당장 소원을 말하는 건…."

　"문제가 있지. 나 같은 도깨비를 만나는 건 일생에 한 번 있을까 말까 한 일인데. 게다가 내가 어떤 일을 할 수 있는지 넌 알지 못하지? 그래서 준비했어. 내가 어떤 존재인지 알게 하려고."

진은 외투 속에 감춰둔 물건을 꺼내 푸 13에게 건넸다. 내내 궁금했던 차라 푸 13은 그것을 덥석 받았다.

"고작 책이구나."

"고작?"

"책 같은 거 안 읽어."

"읽어야 해."

"내가 왜?"

"소원을 들어준다고 했잖아. 그럼 넌 내가 누구인지 알기 위한 노력 정도는 해줘야지. 그게 예의야. 읽을 거지?"

"알았어. 언제까지?"

"네가 소원을 말하기 전까지."

"내가 언제 소원을 말하면 되는데?"

"네가 이 책을 읽고 나서."

"아!"

"그래서 언제 읽고 언제 소원을 말할 건데?"

"내일."

"내일이라⋯. 그렇게 빨리 읽을 수 있겠어?"

푸 13은 바로 대답하지 못했다. 망설임 사이로 슬금슬금

삐져나오는 거짓말을 내뱉기 위해 잠시 숨을 고르는 차였다. 그 잠깐의 침묵을 견디지 못한 진이 먼저 약속해버렸다.

"그럼 내일 보자. 이 시간 이 장소에."

그녀는 고개를 끄덕였다. 하지만 그 순간에도 그녀는 자신이 결코 〈도깨비, 사라지지 않는 이야기〉를 내일까지 읽을 수 있을 거라곤 믿지 않았다.

"뭐, 어때? 반은 읽었다고 속일 거야."

야간자율학습을 하느라 밤늦게 돌아온 남동생에게 도깨비를 만났다고 자랑하며 이렇게 덧붙였다. 그러나 남동생은 그녀의 말이라면 무조건 믿고 보는 평소와 달리 고개를 갸웃거리곤 이렇게 되물었다. "도깨비가 어디 있어?" 푸 13은 말문이 막혔다. 솔직히 말하자면 몹시 놀란 나머지 눈과 귀도 막힐 지경이었지만 그녀는 평정심을 되찾고 〈도깨비, 사라지지 않는 이야기〉를 동생에게 보여주며 말했다.

"이 책이 증거야. 이렇게 뚜렷한 증거까지 있는데 어떻게 믿지 않을 수가 있니?"

"누나, 정신 차려. 도깨비는 그냥 이야기 속에 등장하는 거야."

"동우야. 누나가 도깨비를 만난 건 일생일대의 행운이야."

"그럼, 누나. 내일 나랑 같이 가자. 내가 그 도깨비를 만나볼게."

"안 돼. 넌 공부해. 대학 가야지. 누나가 꼭 보내줄 거야."

남동생은 누나와 마찬가지로 매일 마셔댄 연탄가스 때문에 기억력이라곤 먹고 죽으려고 해도 없으며 그로 인해 전교 꼴찌만 하는 자신이 설혹 돈이 있어도 대학에 갈 수 없다는 걸 몹시 장황하게 설명했지만, 푸 13은 끄떡도 하지 않았다.

남동생은 연탄아궁이에서 가장 멀리 떨어진 바닥에서 잤기에 적어도 자신처럼 응급차에 실려 갈 정도로 연탄가스를 마신 적이 없었다. 그리고 그녀가 생각하기에 남동생은 충분히 똑똑하고 영리했다. 다만, 그 스스로 공부하지 않을 뿐이었다. 마음을 다잡고 공부한다면 반 1등이 아니라 전교 1등도 넘볼 수 있을 것이다. 그녀는 그에게 이 같은 믿음을 주며 모든 사람이 다 가는 대학을 가지 않으면 결국 죽을 때까지 연탄가스를 맡는 삶을 살아야 한다는 협박 아닌 협박을 덧붙이기까지 했다.

"하지만, 누나 그 도깨비가 진짜 도깨비인지…."

“이 책이 도깨비를 증명한다니까.”

어찌나 답답했던지 푸 13은 자신도 모르게 소리를 높였다.

“그 책이 어떻게 증명해? 아직 읽어보지도 않았잖아.”

“그래서 지금 읽으려고 하잖아.”

“누나….”

“동우야. 걱정하지 마. 누나가 대학은 보내줄 수 있어.”

푸 13은 동생의 책상 옆에 자리를 잡고 앉아서는 〈도깨비, 사라지지 않는 이야기〉를 펼쳤다. 동생이 근심 가득한 눈으로 쳐다보고 있는 것을 느끼지 못한 바는 아니었지만, 그것도 내일이 지나면 해결될 문제였다. 일단 도깨비 진만 만나면….

도깨비는 주로 산에 살고 있지만, 곧잘 인간들 앞에 그 모습을 보이기도 한다.

단 한 문장만 읽었을 뿐인데 푸 13은 눈꺼풀 위로 쏟아져 내리는 잠을 주체할 수가 없었다. 하지만 당장 내일 만날 도깨비 진을 생각하곤 그녀로선 정말 극도의 의지를 발휘해 그 다음 문장도 읽기 시작했다.

도깨비를 만난 사람들의 증언에 따르면 도깨비는 무지막지한 악한은 아니다. 도깨비는 선한 사람에겐 도움을 주기도 하고 악한 사람에겐 그에 합당한 벌을 주기도 한다. 하지만 예외도 있다. 도깨비는 그 특유의 장난기로 선한 사람이든 악한 사람이든 상관없이 심하게 골려 먹거나 때로는 죽음에 이르는 장난을 치기도 한다.

죽음에 이르는 장난….

푸 13은 도깨비 진의 장난기 가득한 큰 눈을 떠올렸다.

"죽음에 이르는 장난을 칠 정도로 못돼 보이지는 않았는데…."

"뭐, 누나? 뭐라고 했어?"

남동생의 목소리가 어렴풋이 들리는 가운데 그녀는 그대로 꿈속으로 직행했다.

꿈속까지 따라온 도깨비 진은 그녀의 뒤만 졸졸 쫓아다니며 계속해서 노래를 불렀다. 내가 누군지 알아? 내가 누군지 알아? 소원을 들어줄게. 넌…. 내가, 뭐? 넌…. 내가, 뭐? 말해. 내가 어쨌다고…. 넌 일산화탄소니까. 아, 역시, 도깨비.

◇◇◇◇◇

그리고…. 지금 도깨비 진은 나다. 내 형상이 도깨비 진의 형상을 한 것은 아니다.

푸 13이 그렇게 믿고 있기 때문이다.

푸 13이 그렇게 보기 때문이다.

그녀가 믿거나 보는 것은 가짜다. 하지만 나는 그 말을 하지 않는다. 치다꺼리는 미처리 시신 주인의 생각에 관여하지 않는다. 지침서대로. 도깨비 진의 집 대문 앞에서 그녀가 말하는 것을 듣기만 한다.

"지금 집에 아무도 없는 거 맞지?"

소원을 말해봐

푸 13은 굳건하게 닫힌 대문이 열렸다고 믿는다. 뒤이어 조심스럽게 대문 안으로 발을 디디며 진으로 보이는 내가 혹시라도 따라오는 것은 아닌지, 살핀다. 원래대로라면 진은 잔뜩 겁을 집어먹은 채 푸 13이 정원을 통과해 현관문을 여는 것을 그냥 지켜만 보았다. 그녀의 머릿속에 그려진 장면도 그렇다. 하지만 그녀와 일정한 거리를 유지해야만 하는 내 입장에선 불가능한 일이다. 뒤따른다. 이게 아닌데, 푸 13은 몇 번이나 뒤돌아보고 바로 그녀 뒤에 있는 내 모습을 확인할 때마다 이 문장을 떠올린다.

"못 들어오겠다더니. 이제 무섭지 않아?"

현관문을 통과하면서도 그녀는 내가, 아니, 진이 문을 열어주었다고 생각한다. 거실로 들어서는 발걸음은 조심스럽다. 그날 그랬던 것처럼 그녀는 두려움을 꾹 누르고 거실을 둘러본다. 꽤 넓은 거실은 블랙과 화이트를 주 색상으로 하되 군데군데 파란색으로 포인트를 줘 현대적이면서도 어딘지 모르게 차가운 분위기를 풍긴다.

간결한 곡선이 돋보이는 소파, 나선형의 스틸 장식장, 솟대 모양의 등, 계단식 책장, 양장본의 책들이 적절한 장소에 배치되어 있다. 마치 인테리어 잡지에 올릴 사진을 찍기 위해 잡다하거나 볼품없는 물건들을 보이지 않는 곳에다 치워둔 것 같다.

그녀는 그 날 그랬던 것처럼 거실 안쪽의 두 번째 방문을 연다. 진이 자신의 부모 방이라고 알려준 방은 벽지부터 가구까지 온통 황금색이다. 심지어 곳곳에 배치된 장식품들도 금 두꺼비나 금 복조리 같은 것들이다. 집의 전체 분위기에서 동떨어지다 못해 생뚱맞아 보이기까지 하는 이 방의 분위기에 정점을 찍는 것은 특별 제작한 유리 장식장에 든 도깨비방망이다. 그것의 성분은 황금으로 성인 남자 팔뚝만 한 크기다.

푸 13은 도깨비방망이 바로 앞까지 걸어가서는 그것을 빤히 내려다본다.

"도깨비방망이가 없어."

왜 소원을 들어주지 못하냐고 따져 묻는 푸 13에게 도깨비 진은 우울한 표정으로 그렇게 말했다.

"그것만 있으면 되는데⋯."

푸 13은 그녀의 예상대로 단 하루 만에 책을 읽지 못했다. 그런데도 책을 다 읽었다는 거짓말을 준비하며 그 공원 그 벤치에 앉아 도깨비 진을 기다렸다. 정말이지 길게 목을 빼고 두 눈동자를 쉴 새 없이 움직이며 기다렸다. 혹시나 그의 그림자라도 놓칠까 그다지 좋지도 않은 집중력까지 발휘하느라 급속도로 찾아온 피로감에 죽을 지경이었지만 그래도 기다렸다.

하지만 도깨비 진은 나오지 않았다.

키 높은 가로등 위로 유난히 밝은 보름달이 떴는데도 나오지 않았다. 공원을 찾은 사람들이 전부 빠져나가도록 나오지 않았다. 그리하여 땅바닥에 널브러진 제 그림자만 빤히 쳐다보던 푸 13의 눈에서 눈물방울이 툭툭 떨어졌지만, 도깨비 진은 오지 않았다.

◇◇◇◇◇

푸 13이 도깨비 진을 다시 만난 건 한 달하고도 사흘이 지나서다. 그동안 푸 13은 하루도 빠지지 않고 공원을 찾았다. 도깨비 진이 아니었어도 매일같이 나가던 공원이고, 매일같이 앉았던 의자다. 그러니까 꼭 도깨비 진을 만나기 위해서는 아니라고 스스로 변명하면서도 구인광고 신문 대신 〈도깨비, 사라지지 않은 이야기〉만 읽었다. 오늘이 아니면 내일, 내일이 아니면 내일모레라도 진은 나타날 것이고, 그때를 대비해 도깨비에 대한 정보를 최대한 많이 알아두기로 한 것이다.

〈도깨비, 사라지지 않은 이야기〉는 도깨비를 만난 사람들의 경험담을 중심으로 '도깨비'의 존재를 설명하는 형식이었다. 인간에게 때로는 도움을 주거나 장난을 걸지만 때로는 미혹시켜 죽게 하기도 한다. 하지만 푸 13은 다양한 사례가 의미하는 것을 이해하기보다 도깨비를 만난 사람들이 부자가 되었다는 경험담에만 집중했다. 그러다 보니 자신이 얼마나 대단한 존재를 만나게 되었는지, 그 존재가 자신에게 해줄 수 있는 게 또 얼마나 많은지를 알게 되었다. 기다림은 시간이 지날수록 점점 더 간절해졌다. 간절하고 또 간절해서 막상 진을 보게 되면 기절이라도 할 것 같았다.

"누나, 그 사람은 그냥 사기꾼이야. 아무리 생각해봐도 이건 아닌 것 같다. 세상에 도깨비가 어디 있어."

진을 기다리기 시작한 이후로 귀가까지 늦어지는 푸 13에게 남동생은 진지하게 충고했다.

"동우야. 몇 번을 말해야 알겠니? 이 책이 도깨비를 증명해. 이 책이."

믿음은 확신을 낳고, 확신은 의지를 낳고, 의지는 결과를 낳는다. 그러니까 그녀는 믿음에서 확신으로, 확신에서 의지로, 의지에서 결과로 가는 그 과정을 도깨비의 시험으로 여겼으며, 그 시험을 어떻게든 통과할 거로 생각했다. 그 결과 한 달하고도 사흘이 지나 도깨비 진을 다시 만나게 된 것이다.

"기다리고 있었어."

이마와 눈두덩, 입술에 시퍼렇거나 벌겋게 멍이 든 진이 마치 어제 헤어진 연인처럼 푸 13의 앞에 섰을 때, 그녀는 싱긋 웃으며 말했다.

"아주 많이."

"기껏 돈이라니…."

도깨비 진은 푸 13이 말한 소원을 되뇐다. 그는 푸 13을 만나기 위해 두 평 남짓한 병실에서 일곱 번이나 탈출을 시도했고 그때마다 흰옷을 입은 남자들에게 붙잡혀 주삿바늘이 제 몸에 들어가는 것을 봐야 했다. 여덟 번째 탈출로 겨우 푸 13이 있는 곳까지 왔는데 그녀는 그가 늦은 이유 따윈 묻지 않고 소원부터 들어달라고 했다.

"실망이다."

진이 어떤 '실망'을 하고 있는지 알지 못했지만, 그 말을 듣는 순간 그녀 역시 '실망'했다. 이런 도깨비. 이런 빌어먹을. 속으론 욕지거리도 뱉어냈다.

“아, 미안. 이런 말은 하지 말았어야 하는데…. 내가 도깨비라는 것을 알게 된 인간들은 전부 돈을 달라고 해. 하지만 넌 다를 거로 생각했나 봐. 넌, 넌…. 내가 길게 설명하지 않아도 바로 도깨비라는 걸 믿어 주었고, 내 노래도 들어주었고, 이렇게 나를 기다려 주었으니까.”

“넌 소원을 들어주겠다고 했고.”

“그래, 알아. 도깨비는 말이지, 한 번 뱉어낸 말은 되삼킬 수 없어. 그러니까 네 소원은 들어줄 거야.”

그제야 마음이 놓인 푸 13이 고개를 끄덕이자 진은 그녀의 머리를 쓰다듬는다. 도깨비 진은 자상하다, 푸 13은 그래서 그가 믿음직스럽다고 생각한다.

“그럼 이제 네 옆에 앉아도 돼?”

진이 이 말을 하지 않았다면 푸 13은 그를 올려다보느라 목이 뻣뻣해졌다는 것도 알아차리지 못했을 것이다. 푸 13은 옆자리를 손바닥으로 탁탁 친다. 도깨비 진은 예의도 바르다, 푸 13은 그래서 그가 교육을 잘 받은 도깨비라고 생각한다.

‘그런데….’

푸 13은 또 생각한다.

'일 처리는 느려.'

도깨비 진은 그녀가 원하는 것을 알고 있는데도 그 일을 하기 위해 어떤 준비도 하지 않고 있다. 그냥 그녀의 마음을 보듬어 주곤 예의 바르게 옆에 앉아서는 쌍꺼풀이 짙은 눈을 끔벅거리며 맞은편 벤치 뒤로 펼쳐진 호수를 물끄러미 바라볼 뿐이다.

'늦어도 너무 늦어.'

아무 의미 없이 시간은 흐르고 있다. 원래 그녀의 시간 중엔 그녀가 의미 있다고 여긴 시간은 거의 없다. 하지만 소원을 말한 후라 시간은 어떤 식으로든 의미를 지녀야 한다. 그래야 그다음 계획도 세울 수 있고, 그동안 꿈꾸었던 일들을 실행시킬 수도 있다.

"소원은⋯."

푸 13은 입을 열다 말고 흠칫 놀라서는 말을 멈췄다. 도깨비 진의 손가락이 벌레처럼 꿈틀대며 그녀의 허벅지 바로 가까이 온 것을 본 것이다. 푸 13은 벌떡 일어섰다. 이런, 미친 도깨비, 이래서 도깨비. 〈도깨비, 사라지지 않는 이야기〉에는 도깨비가 여자를 좋아한다는 정보도 들어 있었다. 하지만 진은 다를 줄 알았다. 진은 솔직하게 자신의 존재를 밝혔고, 그녀가 원하기도 전에 소원을 들어준다고 했기 때문이다. 진도 놀란 표정을 지으며 푸 13을 따라 슬그머니 일어섰다.

"내 몸에 손대지 마."

진은 그 안을 도저히 볼 수 없는 닫힌 창문 같은 눈을 하고선 머리만 긁적였다. 이놈의 도깨비가 자꾸만 술수를 부리는구나. 그녀는 잔뜩 얼굴을 찌푸리곤 돌아서서 성큼성큼 걸어간다. 진과는 최대한 멀리 떨어진 곳으로 갈 생각이다. 그런데 그 뒤를 종종거리며 따라오는 소리가 들렸다. 붙잡힐까 덜컥 겁이 났다. 뒤도 돌아보지 못하고 뛰기 시작했다. 그러자 그도 뛰고 있는지 숨찬 소리가 들렸다. 모퉁이로 돌아서려는 순간 그의 손이 그녀의 팔을 잡았다.

역시 도깨비.

그녀는 잔뜩 겁에 질린 채 감히 뒤돌아볼 생각도 못 한다. 이래서 도깨비. 겁도 없이 도깨비를 기다렸다. 겁도 없이⋯.

◇◇◇◇◇

겁도 없이.

그녀는 도깨비방망이를 자기가 가져오겠다고 먼저 나섰다. 진의 집이고, 진의 물건이니 주거침입죄나 절도죄에 해당하지도 않을 거라며 잘난 척까지 하며.

지금도 그녀는 그 말을 머릿속에 입력된 명령문처럼 무한 반복하며, 변명을 하나 덧붙인다.

"진, 너도 같이 있잖아."

푸 13은 시선을 내게 둔 채 유리 벽 안으로 손을 밀어 넣는다. 보통의 미처리 시신 주인들이 생전의 습관을 버리지 못해 벽을 피해 가는 것에 비하면 그녀의 이러한 행동은 꽤 적응력이 빠른 것처럼 보인다. 하지만 그건 적응력이 아니다. 나를 진으로 보는 것과 같은 작동원리로 유리 장식장을 보지 못했을 뿐이다.

"됐어. 나가자."

여전히 내게서 눈을 떼지 않고 급하게 말한다. 그녀가 잡은 것은 도깨비방망이의 그림자다. 영혼들이 입고 있는 옷이

옷의 '원물'이 아니라 그 옷의 '그림자'를 걸친 것에 불과한 것과 같은 이치다. 모든 것을 자신이 원하는 대로 변형시키는 그녀의 의지는 다른 미처리 시신 주인들이 쉽게 해내지 못한 일-사물의 그림자를 빼내는 일-을 하게 만들었다.

하지만 그림자에 불과한 물건은 본래 쓰여야 할 기능을 수행하지 못하며 사라지기도 쉽다. 그런데도 지금 이 순간만큼은 '결국 도깨비방망이를 가지게 되었다'는 심리적 만족감을 주기에 충분했다. 푸 13은 그 만족감에 심취한 나머지, 방문이 열리고 한 남자가 들어서는 것을 미처 보지 못했다.

"그래서 못 찾았다는 거야? 그게 말이 돼? 찾아! 어떻게든 찾아! 아니면 한 푼도 못 줘. 당장 찾아내!"

남자는 통화가 끝나자마자 제 화를 이기지 못하고 핸드폰을 바닥에 내동댕이쳐버린다. 안대로 가린 한쪽 눈이 보지 못하는 것까지 보려는 듯 유독 부릅뜬 다른 쪽 눈 때문에 꽤 험악한 인상이다.

"넌 뭐하는 여자야? 그러고도 엄마야? 애새끼가 이 지경이 되도록 도대체 뭐 한 거야."

남자의 시선이 향한 곳에는 파리한 안색의 여자가 서 있다. 그녀는 남자와 함께 거실로 들어섰지만, 안방 문지방을 넘지는 못하고 죽은 자보다 더 맥없이 서서 남자의 비난을 고스란히 받아내고 있다.

"망신살이 뻗쳐서. 내가 얼굴을 들고 다닐 수가 없다. 하나밖에 없는 애새끼가 어떻게 이렇게 애를 먹이냐."

"못 찾았대?"

"네가 찾아. 네가 나가서 직접 찾아! 꼴도 보기 싫으니까."

남자는 여자에게 나가라고 소리치더니 정작 그 자신이 나가버린다. 푸 13은 그제야 긴장이 풀려서는 잔뜩 올린 어깨를 쓱 내린다. 하지만 그러면서도 무언가가 잘못되었다고 생각한다.

'아니, 아니야. 그 남자는 그냥 나가지 않았어.'

푸 13은 곧 쓰러질 것처럼 문에 기댄 채 선 여자 쪽으로 고개를 돌린다.

'저 여자도 없었어.'

그러곤 내 쪽으로 시선을 돌린다.

'진도 없었어.'

"어떻게 된 거야? 왜, 이상한 기억이 나는 거지?"

결국, 그녀는 묻는다.

그녀의 머릿속은 그녀가 죽었던 날 이 방으로 들어왔을 때의 기억으로 시끄럽다. 그때도 그녀는 유리 장식장 속의 도깨비방망이를 꺼내려 했다. 그런데 크고 두꺼운 손이 그녀의 머리채를 낚아채나 싶더니 반 바퀴 빙그르르 돌려세웠다. 뒤이어 그 손이 그녀의 목덜미를 잡는 바람에 그녀의 어깨는 잔뜩 움츠러들었고 두 발은 까치발처럼 세워졌다.

"뭐야, 너!"

남자는 진과 똑 닮은 큰 눈을 부릅뜨며 다른 쪽 팔을 치켜들었다. 다짜고짜 뺨을 때릴 것 같은 기세에 푸 13은 진에게서 얻은 현관문 열쇠를 그대로 그의 오른쪽 눈에다 갖다 댔다. 그냥 방어만 할 생각이었다. 하지만 갖다 대었다고 생각했던 열쇠가 남자의 눈을 찌르는 것 같은 감촉이 느껴졌고 동시에 남자의 손이 풀리면서 아찔한 비명이 들렸다.

"아, 미안해요. 미안해요. 이럴 생각은 아니었는데…."

푸 13은 고통스럽게 온몸을 파닥거리는 남자를 보며 슬금슬금 뒷걸음을 쳤다. 진이 설명해준 대로라면 남자는 세상에서 가장 강하고 독한 인간이어야 했다. 하지만 그녀가 보기에 남자는 그녀의 아버지와 별반 다르지 않은 평범한 사람이었다. 알 수 없는 일이다. 어떤 것이 진실인지는.

"미안해요."

다시 한 번 사과한 후, 푸 13은 그대로 몸을 돌려 현관 밖으로 뛰어나갔다. 넓은 정원을 가로질러 돌계단을 밟고 내려섰다. 대문을 열고 약간 경사진 길로 나오기까지 그녀의 세상은 온통 짤막하게 끊어지는 세찬 숨소리로 가득 차버렸다. 들쑥날쑥한 숨을 진정시키려 애쓰면서도 눈으로는 진을 찾았다. 하지만 진은 보이지 않았다. 대문 바로 앞에서 기다리겠노라 장담했던 진은 그 어디에도 없었다.

"그래…. 진은 없었어. 이곳에도, 그곳에도. 그럼 넌 뭐야?"

푸 13이 묻는다. 조금 전과 달리 눈동자의 빛이 좀 더 또렷해져 있다. 뒤이어 '이게 내 기억이라면, 지금은 뭐지?'라는 문장이 그녀의 머릿속을 빠르게 스치고 지나간다. 이제야 생각이라는 것을 하기 시작했다. 기억에 붙잡혀 같은 행동을 반복하는 동안엔 절대 떠올리지 않았던 질문이기도 하다.

"당신의 치다꺼리."

최대한 성실하게 답을 해준다. 죽음은, 그녀 스스로 깨달을 일이다. 하지만 그럴 수 있을까. 그녀는 지금 자신이 죽었던 그 순간을 떠올리기보다 이 자리에 없는 도깨비 진을 생각하고, 또 생각한다.

사람이 되고 싶지 않은 도깨비

도깨비 진은 애원했다. 제발 자신의 이야기를 한 번만 들어 달라고. 푸 13은 그런 진을 단호히 뿌리치지 못했다. 도깨비가 인간에게 애원하는 이야기는 책에서도 읽은 적이 없을뿐더러 생각도 해보지 못한 일이었기 때문이다. 이런, 도깨비가, 이렇게 도깨비가. 그녀는 뭐라 표현할 수 없는 복잡 미묘한 감정에 휩싸여서는 앞으로는 절대 허락 없이 그녀의 몸에 손 대지 않겠다는 약속까지 하는 진을 가여운 눈으로 쳐다봤다.

"네가 하고 싶은 이야기가 뭐야?"

그녀는 결국 못 이기는 척 그의 손에 이끌려 다시 그들의 벤치로 가 앉아서는 물었다.

"혹시 천 년을 산 여우가 사람의 간을 먹으면 사람으로 변해버리는 이야기를 들어본 적 있어?"

"그게 왜?"

"도깨비가 아니라 여우였더라면 난 사람이 될 수도 있었을 거야."

사람이 되고 싶은 도깨비라니 가당키나 한가, 푸 13은 도깨비 진을 전혀 이해할 수 없다.

"왜 사람이 되고 싶은 거니? 도깨비가 얼마나 많은 능력이 있는데. 왜 하필 사람이야?"

"만약 내가 처음부터 도깨비라는 걸 알았다면 사람이 되고 싶은 생각 같은 건 하지 않았을 거야."

"그럼 처음엔 도깨비인 걸 몰랐던 거야? 어떻게 그럴 수가 있어?"

"내 주변의 인간들이 감쪽같이 속였으니까."

"그럼 네가 도깨비인 건 어떻게 알게 된 거야?"

푸 13의 질문에 도깨비 진은 깊은 한숨을 내쉬었다.

"여덟 살 때였어. 내가 도깨비인 걸 알게 된 건. 비가 억수같이 쏟아지는 날이었는데 그 날은 학교에 가지 않아도 괜찮다는 거야. 엄마 역할을 맡은 인간이."

“엄마가 아니었어?”

“아니었어. 그냥 엄마인 척하는 인간이었지.”

“그건 언제 알았어?”

“그날.”

“세상에. 정말 놀랐겠다.”

“아니, 오히려 정말 좋았어.”

“왜?”

“내가 아빠 역할을 맡은 인간이나 엄마 역할을 맡은 인간의 진짜 아들이 아닌 걸 알게 되었으니까.”

“그러니까, 왜?”

“그들은 신경질적인 데다 폭력적인 성향의 인간이었지. 생각해봐. 내가 만약 정말로 그들의 아들이었다면 이 세상을 어떻게 살아갈 수 있겠어?”

푸 13은 도깨비 진의 말을 다 이해한 것은 아니었지만, 고개를 끄덕였다.

“엄마 역할을 맡은 인간이 나를 데려간 곳은 상암동의 한 방송국이었어. 그곳 로비에 들어서자마자 키가 크고 어깨가 넓은 남자가 우리 쪽으로 오더군. 양쪽 머리카락이 바짝 서 있어 키 큰 아톰처럼 보이는 그런 남자였어. 부리부리한 눈에다 날카롭게 선 콧날이 인상적이었지. 그런데 말이야. 놀랍게도 그 남자가 한쪽 무릎을 꿇고 앉아 내 얼굴을 뚫어지게 보는 거야. 아주 오랫동안. 그러다 그는 커다란 손을 뻗어 내 뺨을 쓰다듬으며 말했어. '넌 도깨비야.'"

"아! 지금 나, 소름 끼쳤어. 누군가 '넌 이런 존재야'라고 말해주는 건 어떤 기분일까?"

"내 말을 끊지 마. 방해돼."

"알았어."

"넌 도깨비야."

다시 이야기를 시작한 진의 목소리가 살짝 떨렸다. 그러곤 바로 뒤이어 이상한 여자 목소리를 냈다.

"어머, 감독님. 고맙습니다."

"왜 이래?"

"넌 정말 말귀를 못 알아듣는 인간이구나. 엄마 역을 맡은 여자가 그랬다고. 고맙습니다, 감독님. 그러곤 바로 나를 안는 거야. 됐어. 이제 넌 내 한을 풀어 줄 수 있는 훌륭한 배우가 될 거야. 이런 말을 중얼거리면서.

뭐가 됐다는 건지, 알 수 없었어. 아니, 엄마 역을 맡은 여자가 무슨 말을 하든 상관하고 싶지 않았어. 그때의 나는 그 남자만 보고 있었으니까. 그 남자가 말하고 있는 진실에만 온 정신을 빼앗겼으니까.

그래! 나는 도깨비였어. 도깨비! 알아? 그래, 아는구나. 그런데 내가 말 안 했으면 몰랐겠지? 괜찮아. 다들 그래. 그건 네 잘못이 아니야. 내가 생각해도 난 참 인간과 똑같이 생겨먹었거든.

그런데 그거 알아? 그 순간 나는 많은 것을 알게 되었지. 내가 지나가기만 해도 뭔가가 깨졌던 건 도깨비여서 그랬던 거야. 거실 벽의 그림이나 장식장의 조각상, 식탁 위의 커피잔, 베란다의 화분은 물론이고 컴퓨터, 텔레비전 같은 큰 물건도 산산조각이 나곤 했는데 그때마다 엄마 역을 맡은 여자가 미친 듯이 화낸 것도 내가 그녀의 진짜 아들이 아니었기 때문이었어.

아이들이 나를 따돌렸던 것도 이해가 되었어. 아이들은 어른보다 감 같은 게 빠르잖아. 걔들이 '괴물'이라고 놀렸던 것도 내가 인간이 아니라는 걸 눈치챘기 때문이었어.

어쨌든 그 날 이후, 하루하루가 즐거웠어. 주문을 외우거나 방망이를 휘두르며 원하는 것은 다 가졌으니까. 게다가 내가 도깨비인 것을 알아준 최초의 인간이 언제나 내 곁에 있었으니까. 그와 나 사이엔 틈이라는 게 없었어. 그는 도깨비가 가져야 할 마음가짐이나 행동거지에 대해 가르쳐 주었지. 나는 내가 생각하는 모든 것을 그에게 말해주었고. 그는 '이 세상에 하나밖에 없는 도깨비'를 위해 준비된 자였어. 그것이 그의 운명이었지.

감독은, 아, 그의 이름은 감독이야. 이름이 좀 이상하긴 해도 아톰보다는 괜찮지 않아? 어쨌든 감독은 사람들에게 내 존재를 알리기도 했어. '얘가 우리 도깨비야'라고. 감독에게 진실을 전해 들은 사람들은 이 세상에 홀로 남아 있는 도깨비를 기록하기 위해서라며 끊임없이 카메라를 들이대더군. 한 대, 두 대, 세 대… 앞과 뒤, 아래와 위에서 찍더니 텔레비전 화면으로 내보내기까지 하는 거야. 그런데 너, 텔레비전에서 나를 본 적 없니?"

"아, 미안. 본 적이 없어."

"괜찮아. 그럴 수도 있지."

도깨비 진은 말과는 달리 실망한 기색을 역력히 보이며 어색하게 웃었다.

"사실, 내가 유명한 도깨비인 게 마음에 들지 않았어. 유명해지면 뭐해? 각다귀처럼 달라붙는 인간들만 많아졌는걸. 피곤하고 힘든 일이야. 그리고⋯."

도깨비 진은 갑자기 빠른 속도로 눈꺼풀을 깜박거리며 거칠게 숨을 내쉬었다.

"괜찮아?"

"괜찮지가 않아. 계속, 계속⋯. 잠을 잘 수가 없었거든."

"잠을?"

"아무리 자고 싶어도 잠을 자지 못해."

"왜?"

"처음엔 그 이유를 몰랐어. 그러다 어느 날엔가 문득 외로워서 그런다는 걸 알게 된 거지. 엄마 역을 맡은 인간이나 아빠 역을 맡은 인간이 아무리 친한 척 굴어봤자 그들은 도깨비가 아니잖아. 방송국에 가도 도깨비라곤 나밖에 없었어. 혼자였어. 알겠니? 혼자였다고."

"하지만 너한텐 감독이 있잖아."

"그 사람 얘긴 하지 마!"

도깨비 진이 버럭 소리를 지르며 허공에다 주먹까지 휘두른 탓에 푸 13은 또다시 벌떡 일어나 그에게서 최대한 멀리 도망가고 싶어졌다. 하지만 그녀는 그가 그토록 좋아했던 감독을 싫어하게 된 이유가 몹시 궁금한 나머지 두려움을 꾹 참고는 그 자리에 그대로 앉아 있기로 했다.

"감독은 배신자였어. 아니, 거짓말쟁이였어. 아니, 아니. 도둑놈이었어. 그가 뭐라고 했는지 알아? 나보고 키가 컸다는 거야. 그때도 여전히 자기 반 토막밖에 안 되었는데. 목소리도 변했대. 자기 마음이 변한 것은 어떻고. 그러니까 이제부터 자기를 만날 생각은 말고 열심히 공부나 하라는 거야.

이해가 돼? 키가 크고 목소리가 변했다고 쳐. 그렇다고 공부를 하라니. 도깨비한테. 인간들의 공부가 무슨 소용이 있어. 어떻게 그래? 온몸이 부들부들 떨렸어. 당신 미쳤냐고. 혹시 현무의 수하로 들어간 거냐고 소리치고 싶었어. 아. 현무라고 있어. 늘 나를 괴롭히는 악마 같은 놈. 그런데 감독은 나를 보고 있지도 않았어.

그의 시선이 향한 곳에는…. 내가 현무의 무리와 싸울 때

입었던 옷을 입은 아이가 있었어. 한쪽 어깨를 드러낸 초록빛 옷. 그냥 보기엔 평범하지만, 사실은 방패의 기능이 있지. 이런, 이야기가 다른 곳으로 새고 있잖아. 이런 건 중요하지 않아. 옷 따윈 똑같은 것을 입고 싶으면 입으라고 해. 그게 뭐. 그게 뭐!"

"그런데 말이야…. 혹시 그 아이도 네 종족이었던 건 아닐까?"

"아니야! 그 아이는 가짜야! 첫눈에 알아봤어. 그 아이는 인간이야! 내가 어떻게 모를 수 있겠어? 난 그 아이는 가짜라고 소리치며 달려들었어. 내가 그렇게까지 한 건 감독을 위해서였어. 사기꾼에게 속는 것을 그냥 두고 볼 수만은 없었으니까. 그런데 감독이 나를 막아서더니 이상한 눈으로 쳐다보는 거야. 그러더니…."

"설마 때렸어?"

"아니, 도망가 버렸어. 그 아이를 데리고. 그 자리에 나만 남겨두고. 오로지 나만 버려두고."

"어떻게 그럴 수가. 정말 잔인하다."

"넌 몰라. 혼자 남겨진 게 어떤 건지."

"알아."

"어떻게 알아? 넌 도깨비도 아닌데."

"그래도 아는데."

"넌 몰라. 그건 도깨비만 알 수 있는 거야. 인간은 절대 알지 못해. 도깨비는, 그런 존재니까. 혼자 남겨지는 존재."

마지막 말을 할 때의 진이 어찌나 외롭고 슬퍼 보였던지 푸 13은 그만 그의 손을 꼭 잡고 이렇게 말했다.

"그래서 돈이 필요한 거야. 혼자 남겨지지 않기 위해서."

"그래, 알아. 그래서 네 소원을 들어주려 했던 거야. 하지만…. 도깨비방망이가 없어. 부모 역을 맡은 인간들이 빼앗아 버렸거든."

"아! 그럼…. 영원히 찾지 못하는 거야?"

푸 13의 목소리는 당혹스러움을 감추지 못한 채 떨리고 있었다.

"그렇진 않아. 어디에 있는지 알고 있으니까."

"어디에 있는데?"

"내가 살았던 집."

"그럼 지금이라도 찾으러 가자."

"찾아? 어떻게 찾아? 그곳엔 아직 부모 역할을 했던 인간들이 있는데. 게다가 그들은 미쳤다고."

"넌 도깨비잖아."

"신이어도 안 될걸. 그들은 소리치고 때리고…."

진은 더는 말을 잇지 못했다. 손가락을 깨물며 눈동자를 불안하게 움직일 뿐이다. 바로 그 옆에서 푸 13은 꾸물꾸물 붉은 빛이 감돌기 시작한 하늘로 눈길을 돌렸다. 진의 등을 토닥거리거나 어깨를 안거나 손을 잡아주는 것이 좋지 않을까, 생각만 하다 그냥 가만 내버려두기로 한 것이다. 인간은 도깨비에게 아무런 위로가 되지 못한다. 적어도 진처럼 세상에 혼자 남겨진 족속은 아니니까.

기다림

"진은 그곳에 있었어."

푸 13은 도깨비방망이 그림자를 물끄러미 바라보며 중얼거린다.

그 당시 그녀는 결국 진을 발견했다. 진은 도로 건너편, 붉은색 자가용의 뒤꽁무니에 몸을 웅크린 채 숨어 있었다. 푸 13이 애타게 부르는 자신의 이름을 듣고서야 진은 조심스레 고개를 내밀었고 엉거주춤 일어섰다.

푸 13은 그를 향해 앞뒤 가리지 않고 뛰었다. 여전히 숨이 찼고, 여전히 다리가 부들부들 떨렸지만 어떻게든 그 가까이 달려가야 했다. 비록 도깨비방망이를 가져오지 못했지만, 심지어 진의 아버지 역할을 했을 것이 분명한 남자의 한쪽 눈을 찌르고 말았지만, 진이 있기에 그다음을 생각할 수 있었다. 그런데 진이 큰 눈을 더 크게 뜨고 뭐라 외치는 소리가 들렸다. 그와 동시에 그녀는 속도감이 있는 둔탁한 물체가 자신의 몸을 들이받는 것을 알아차렸고, 뒤이어 허공 높이 붕 날았다.

길어야 1초, 아니 2초 정도. 그 짧은 부유의 시간 동안 푸 13의 머릿속에서는 지난 스무 해 남짓의 모든 장면이 파노라마처럼 휘도는 속도로 지나갔다. 겨울 햇빛이 조금씩 기울던 초등학교 운동장, 친구와 싸우고 돌아와서는 펑펑 울던 남동생의 얼굴, 진을 처음 만났던 날, 그가 소원을 말하라고 할 때의 표정.

그리고, 푸 13은 허공에서 진의 눈과 마주쳤다. 진은 도깨비처럼 보이지 않았다. 이제 막 소년티를 벗은 청년이 잔뜩 겁에 질린 얼굴로 입을 크게 벌리고 있을 뿐이었다.

하지만….

그건 어디까지나 그가 도깨비방망이를 빼앗긴 도깨비이기 때문이다. 아무 힘도 쓸 수 없는 도깨비.

'걱정하지 마. 방망이만 있으면 원래대로 돌아갈 수 있을 거야.'

◇◇◇◇◇

푸 13의 생각대로 도깨비 진은 그들이 만났던 그 공원의 그 벤치 위에 그대로 앉아 있다. 더 정확히는, 찬 기운이 뼛속까지 스며든 탓에 온몸을 덜덜 떨면서도 모기만 한 목소리로 노래를 흥얼거리고 있다.

내가 누군지 알아?
내가 누군지 알아?

"알아. 그래서 가지고 왔어. 도깨비방망이. 자, 자."
푸 13이 도깨비방망이를 내민다. 하지만 그림자에 불과한 도깨비방망이는 진의 팔을 그대로 통과해버린다.
"왜⋯."
그녀는 진 옆에 털썩 주저앉는다.
진은 여전히 그녀를 보고 있지 않다. 여전히 같은 노래를 같은 호흡으로 반복하고 있다. 그때, 연인으로 보이는 남녀가 그 앞을 지나치다 말고 진을 흘낏 본다. 그러곤 저희끼리 무어라 소곤거리며 킬킬 웃는다.

푸 13은 연인들이 점점 멀어지는 것을 눈으로 좇으며 도깨비방망이를 든 손의 힘을 푼다. 그러자 방망이는 땅으로 떨어지기도 전에 허공 속으로 흩어져버린다. 그러는 동안에도 진의 노래는 계속된다.

내가 누군지 알아?
내가 누군지 알아?

푸 13은 진의 노래를 처음 들었을 때부터 따라 하고 싶었다. 고장 난 녹음기처럼 같은 문장을 끝없이 되뇌는 그 목소리는 이상한 중독성이 있었고, 그 중독성에 기꺼이 함락당하고 싶었다. 그런데도 그녀는 참았다. '내가 누군지 알아'라고 노래를 불렀을 때 누군가가 '그래, 넌 누군데?'라고 물으면 뭐라고 말해야 할지 알 수 없었기 때문이다.

"하지만 적어도 살아 있는 인간이었어. 그때까지도."

푸 13이 중얼거린다. 그러자 마치 그 말을 들은 것처럼 진이 고개를 든다. 찬 바람에 언 낯빛은 창백하고 입술은 시퍼렇게 말라 있다. 그 때문에 진은 정말로 도깨비 같아 보였다.

"그때까지도…."

푸 13이 되뇌는 '그때까지'란 승용차에 치여 아스팔트 위를 몇 바퀴나 굴렀던 그 순간을 가리킨다.

그녀의 말이 맞다. 그때까지도 그녀는 살아 있는 인간이었다.

승용차에서 허겁지겁 내린 젊은 남자는 푸 13을 안아 들었다. 아직 숨결이 붙은 채 무언가를 보려는 듯 눈을 감지 않으려 애쓰는 여자를 병원으로 데려가기 위해서였다.

"내 잘못이 아니야. 이 여자가 갑자기 튀어나온 거야. 내 잘못이 아니야."

젊은 남자는 몇 번이나 그렇게 중얼거리며 온몸이 축 늘어진 탓에 꽤 무거운 푸 13을 뒷좌석에 눕혔다. 그런 다음 급하게 시동을 걸었다. 일단은 여자를 가까운 병원으로 데려다 놓고, 경찰에겐 교통사고가 난 경위를 설명해야겠다고 생각을 정리하면서 되도록 침착해지려 애썼다.

주택가를 빠져나가 넓은 도로로 진입할 때까지도 그 생각에 변함이 없었다. 그런데 삼거리에서 신호를 기다리며 서 있는 동안 여자가 결국엔 죽어버렸다는 것을 알아차렸다. 그 순간 그나마 이성적으로 판단하고 행동하려 했던 모든 일이 연기처럼 사라졌다.

대신 며칠 후에 버클리대학교의 객원연구원으로 출국할 일정만이 묵직하게 똬리를 틀었다. 쉽지 않은 기회였다. 지난 이 년 이날을 준비하느라 하루 네 시간 이상 잠든 적도 없었다. 그는 운전대를 돌렸다. 용인의 한 연수원 앞에 몹시 깊고 넓은 호수가 그림처럼 펼쳐져 있던 걸 보고는, '야, 여기에서 살면 좋겠네'라고 말했던 게 생각나서였다.

연수원이 있는 호수 건너편에는 모든 것을 가려줄 것 같은 높은 산이 듬직하게 서 있었다. 그쪽이라면 그 누구의 시선에도 잡힐 일이 없을 것이다. 그는 연신 흘러내리는 식은땀을 신경질적으로 훔치며 푸 13에게 몇 번이나, 몇 번이나 미안하다고, 용서하지 않아도 좋으니 자신의 발목만은 붙잡지 말아 달라고 빌었다.

아무리 감이 없는 사람이라도 인간의 영혼이 오랜 시간 그의 옆에 있으면 뭔가 이상한 기운을 느끼기 마련이다. 하지만 도깨비 진은 추위 속에 방치된 육신의 고통 때문에 그 자리에 무언가 다른 존재가 있다는 것을 감지하지 못한다. 이제 푸 13은 그를 기다릴 의지가 없다. 벤치에서 힘없이 일어서는 그녀의 머릿속에는 이런 문장이 지나간다.

'어디로 가면 돼?'

이제는 그녀가 가고 싶은 곳이 가야 할 곳이 될 수 없다. 그녀가 가야 할 곳은 가야만 하는 곳이다. 그녀의 손을 잡는다. 그러자 바로 앞에 적요로 이어진 통로가 검은빛을 띤 회오리바람처럼 열리기 시작한다.

끝나지 않은 이야기

얄은 솜씨 좋은 편집자임이 틀림없다. K684-2789033-푸 13의 영혼을 반듯하게 접어내는 일에서 백지에 고르게 바르는 과정에 이르기까지 군더더기 하나 없는 동작으로 매끄럽게 이어간다. 시선을 단 한 순간도 흩트리지 않은 채, 오로지 푸 13을 한 권의 책으로 빚어내는 일에만 집중한다.

그와 달리 할 일이 없어진 나는 맞은편 의자에 가만 앉아 이 공간 특유의 지루함을 견디고 있다. 그러나 머지않아 이 지루함조차 사라질 것이다.

〈치다꺼리 지침서〉 제2권 마지막 장. 치다꺼리는 치다꺼리의 일을 수행하는 경험에 비례해 이 공간의 한 부분이 되어간다. 그리고 어느 순간 치다꺼리는 더는 '자신'과 '공간'을 구분

하지 못하게 된다. 그땐, '생각하기'도 멈출 수 있을 것이다.

생각은 위험하다.

감정을 자아내고, 나를 느끼도록 한다. 저 세상에서 이미 사라져 버린 존재감을 이 세상에서 느껴야 하는 건, 그건….

"형벌이지."

편집자 알이 내 앞으로 책 한 권을 툭 던지며 말한다. 또 생각하기 시작한 나를 저지하기 위해서다.

〈그만 모르는 비밀〉

책을 그대로 입에 가져간다. 쓴맛이 먼저 퍼지고, 이어 혀 끝으로 매운맛이 파고든다. 얼굴이 저절로 일그러진다. 편집자 알의 입가에 살짝 번진 미소를 의아하게 볼 즈음, 누군가가 툭 바로 눈앞으로 떨어진 듯 나타난다.

나의 네 번째 미처리 시신의 주인, D735-3690784-피13이다. 그는 구정물에 푹 담갔다 빼낸 것 같은 탁한 눈으로 나를 노려본다.

"뭐야, 너!"

목소리도 공격적이다. 하지만 내가 자리에서 천천히 일어나자, 움찔 놀라며 뒤로 한발 물러선다. 동시에 어깨를 웅크리고 양팔을 들어 가드 자세를 취한다. 습격당한 적 있는 사람의 습관적인 움츠림이다.

말라붙은 피가 엉겨 붙은 그의 소맷자락이 가볍게 떨린다. 피는 이미 제 색을 잃었지만, 아직도 사라지지 않은 고통의 순간이 머물러 있다.

"네 치다꺼리."

피13의 반응을 흥미롭게 지켜보던 내 입가에도 미소가 번진다.

하루, 단 하루.

지루하진 않을 거야.

하루

제1판 1쇄 2026년 1월 14일

지은이   김미조
펴낸이   한성주
펴낸곳   (주)두드림미디어
브랜드   수미랑
책임편집 이수미
디자인   얼앤똘비악(earl_tolbiac@naver.com)

등록   2015년 3월 25일(제2022-000009호)
주소   서울시 강서구 공항대로 219, 620호, 621호
전화   02)333-3577
팩스   02)6455-3477
이메일 hello@sumirang.com
인스타 @sumirang.story

ISBN 979-11-24026-23-6 (03810)

수미랑은 (주)두드림미디어의 문학 브랜드입니다.
사람의 온기로 빚은 다채로운 삶의 맛이
독자의 마음에 오래 머무는 이야기를 만듭니다.